*i*
imaginist

想象另一种可能

理
想
国
imaginist

NO COUNTRY FOR OLD MEN
CORMAC McCARTHY

# 老 无
# 所 依

[美] 科马克·麦卡锡／著
曹元勇／译

河南文艺出版社
·郑州·

# 致 谢

本书作者与圣达菲研究院交往已久并在那里居住了四年,在此谨向圣达菲研究院表示感谢。另外,向阿曼达·厄班深致谢意。

# 1

我把一个男孩送进了亨茨维尔的毒气室。一个，就一个。我逮捕的，我见证的。我去那里看过他两三次。三次。最后一次是他被处决的那天。我并不是非去不可，可我还是去了。我真的不想去。他杀了一个十四岁的女孩，我现在就可以告诉你，我从来都没有特别想去看他，更别说是在他被处决的时候去了，但我还是跑了一趟。报纸上说那是一桩激情犯罪，他却告诉我根本不关激情什么事。他一直在和那个小女孩约会，虽然她还那么小。他十九岁。他告诉我，差不多从记事起，他就一直盘算着要把什么人弄死。他说，要是他们放了他，他还是会去杀人。还说，他知道自己会下地狱。都是他亲口对我讲的。我不知道该怎么理解。我真的不知道。我想我从未见过他那样的人，这件事甚至让我怀疑他可能属于某类全新的物种。我看着他们把他绑在行刑椅上，关上门。他可能显出了一点紧张，但顶多也就是那样了。我敢保证他明白自己再过十五分钟就要下地狱了。我确信。我也确实想过很多关于这个案子的事。他不是那种很难沟通的人。叫我"警长"。我却不知道该跟他说些什么。面对一个承认自己没有灵魂的人，你能说什么？何必跟他多说？这件事我想了很久。但是跟下面要说到的那群恶徒相比，他又算不上什么。

据说眼睛是灵魂的窗口。我不知道那双眼睛算是什么的窗口，我想还是不知道的好。但确实还有另一种视角，另一双眼睛，可以看到世界的另一面，这件事就是在那里发生的。它的确把我带入了我此生从未想过自己会去的地方。在别的什么地方，那里有一个真正的、活生生的毁灭预言家，我不想与他碰面。我知道他是真实存在的。我见过他的所作所为。曾有一次，我走到了那双眼睛跟前。我再也不会那么做了。我不想冒着生命危险起身去见他。不只是因为年纪大了。我倒希望是。我不能说很乐意这么做。因为我很清楚，干这行，本来就要有牺牲的觉悟。这是大实话。倒不是说这听上去很光荣之类的，而是说你的确会这么做。如果你不是这样的人，那双眼睛会看出来的。它们一下子就能看穿。我觉得这更像是取决于你想成为什么样的人。我知道，人总是难免陷入赌上灵魂的险境。但我不会这么做。我想，就目前来说，我应该再也不会这么做了。

副警长让双手被反铐的齐格站在办公室的墙角，自己则在转椅上坐下，摘下帽子，跷起双脚，给拉马尔打起了电话。

刚进门。警长，他身上带着一个像是治疗肺气肿用的氧气罐的玩意儿。另外，他袖筒里垂下一根软管，连着一个像是屠宰场用的系簧枪的东西。是的，长官。对，看上去大概就是这样。等你来了就会看到的。是的，长官。我把它收起来了。是的，长官。

他从转椅上站起身，顺手取下挂在腰带上的钥匙，把上了锁的办公桌抽屉打开，去拿放在里面的牢房钥匙。他身子刚刚弯下去一点，齐格就往下一蹲，把铐在背后的双手迅速移到腿弯处。紧接着，他往下一坐，向后一晃，把戴着手铐的双手从脚下绕到身前，随即快速而轻松地站起身。看起来就像是早就练过很多次了，恐怕真是如此。他把戴着手铐的双手从副警长的头上绕过，同时跳起来，两个膝盖猛地抵住副警长的后脖颈，把手铐链子死命向后勒去。

他们倒在了地上。副警长试图把手插到手铐链子里面，可是办不到。齐格躺在地上，双膝顶在两臂之间，脸扭向一侧，使劲往后勒着手铐。副警长拼命踢腾，侧着身子在地板上绕着圈，踢翻了废纸篓，把椅子蹬到了房间的另一边。他蹬到了房门，房门应声关上了，小地毯也被他踢得皱成了一团。他嘴里发出咯咯的声音，血涌了出来。他要被自己的血呛死了。齐格只管更加死命地勒。镀镍的手铐直勒到骨头。副警长的右颈动脉破了，一股鲜血喷射而出，溅到房间另一头的墙上，顺着墙面流下。他踢腾的速度慢了下来，再也不动了。他躺在那里抽搐。然后就彻底安静了。齐格躺在那里，呼吸平稳，继续勒着他。他从地上起来，从副警长的腰带上取下那串钥匙，打开手铐，把他的左轮手枪插进自己的裤子腰带，走进了卫生间。

他用冷水冲了冲手腕，直到不再流血，用牙齿从毛巾上撕下几条，缠在手腕上，又回到那间办公室。他坐在办公桌前，从一个药箱里拿出胶带，把手腕上的毛巾条粘牢，看着那个躺在地上、张着嘴巴的死人。包扎好以后，他从副警长的衣袋里掏出钱夹，取出里面的钞票，塞进自己的衬衣口袋，把钱夹丢在地板上。接着,他拎起气罐和系簧枪,走出房门,上了副警长的车,发动引擎,掉转车头,驶上了公路。

在州际公路上,他选中了一辆车上只有司机一个人的新款福特轿车,他打开警灯,按了几下警笛。那辆车开到路边停下。齐格把车开到那辆车后面,关掉引擎,把气罐扛在肩上,下了车。那个人从后视镜里看着他走过来。

怎么啦,长官?他问。

先生,你不介意从车里出来吧?

那人打开车门,下了车。怎么回事?他问。

麻烦你离车子远一点。

那人往旁边挪了几步。齐格看得出,看到眼前这人身上的血迹之后,那人眼里露出了怀疑,但为时已晚。他像施行信仰疗法似的,用手按住那人的头。气体喷出的咝咝声和活塞柱的咔嗒声,听上去就像关上一扇门。那人一声不吭地软倒在地,血从前额的圆洞里噗噗冒出,流到他的眼里,缓缓地遮住他对这个世界的最后一瞥。齐格用手帕擦了擦手。我只是不想让你把血溅到车上,他说。

莫斯坐在山梁上，靴子后跟踩在火山岩的沙砾中，用一架十二倍的德国双筒望远镜望着下面的荒原。他的帽子推到了脑袋后面。胳膊肘撑在膝盖上。肩上用皮革背带挎着一支 .270 口径的重型枪管步枪，配有毛瑟 98 式的枪机，以及用枫木和胡桃木胶合板做的枪托。上面安着一个翁厄特尔望远式瞄准镜，倍率和那架望远镜一样。山下的羚羊距离他不到一英里。太阳升上来还不足一个小时，山梁、岩石和椰枣树的影子远远地投在下面的冲积平原上。莫斯自己的影子也在那里。他放下望远镜，坐在那里观察着那一带。往南边再远处是光秃秃的墨西哥山峦。大河冲出的陡坡。往西面，是连绵不断的边境线上被火山烧炙过的褐土地带。他干巴巴地吐了口唾沫，在棉布工装衬衫的肩头擦了擦嘴。

那支步枪的射击精度可以达到半角分。每一千码的误差不超过五英寸。他选定的射击点位于一道布满熔岩碎石的长坡下面，正好能把它们收入有效射程。只不过走到那儿得花上大半个小时，而那些羚羊吃着草越走越远。那儿最大的优点也不过是背风而已。

总算到了那道斜坡下面，他慢慢地直起身，察看那群羚羊的位置。它们没有从他上次看见的地方走开多远，但射击距离仍然有足足七百码。他用望远镜观察着那些动物。沉闷的空气中浮动着尘埃和变形的热浪。一片闪光的尘埃和花粉的薄雾。没有别的掩护，也不可能有别的猎人。

他在碎石堆上翻过身来，脱下一只靴子，放在岩石上，把步枪的前护木插进靴筒里，用拇指打开保险，眼睛凑近瞄准镜。

它们全都抬起头，看着他。

该死，他低声骂道。太阳在他身后，所以它们不太可能看得到瞄准镜片的反光。它们只是不巧看见了他。

那支步枪的扳机是康佳的，能承受九盎司的力道，他小心翼翼地把枪和靴子往后拉了拉，再次凑近瞄准镜，微微抬高十字准星，瞄准一只动物的脊背上侧，它站在那里，侧面正对着他。他知道距离每增加一百码，弹着点的位置会怎么变化。现在不能确定的是距离。他的食指扣在扳机的圆弧上。脖子上那个用金链子穿着的野猪牙挂件，歪团在他的胳膊肘内侧的岩石上。

虽然那支步枪有很重的枪管和枪口制动器，它还是脱离了支撑点。在瞄准镜里把那些动物拉近时，他可以看见它们全都像先前那样站着。那颗150格令的子弹不到一秒钟就到了那儿，但声音所用的时间是它的两倍。它们站在那里看着子弹击起的扬尘，随后撒腿就跑。它们几乎是在瞬间就以最高速度从那片荒原上奔窜而去，身后是久久回荡的枪击声，它们在石块上跃动，歪歪斜斜地奔过那片在大清早显得一派荒凉的开阔原野。

他站起来，望着它们远去。他举起望远镜。有一只动物蜷着一条腿落在后面，他想也许是子弹被坚硬的地面反弹之后击中了它的左后腿。他侧过身吐了口唾沫。该死，他说。

他望着它们跑出视线，消失在南边嶙峋的岬角。悬浮在静谧的晨光中的淡橙色尘埃变得越来越稀薄，最后也看不见了。阳光下的荒原静默而空旷。仿佛什么事也不曾发生过。他坐下来，穿上靴子，捡起步枪，退出枪膛里的空弹壳，装进衬衣口袋，扣上保险。随后，他把步枪挎在肩上，离开了。

走过那片荒原用了他差不多四十分钟。从那儿，他走上一道长长的火山岩斜坡，顺着山梁朝东南方向眺望那些动物消失

9

的原野。他举起望远镜，慢慢地察看那一带。一条没有尾巴的大狗正在穿过那片荒漠，黑色的。他观察着它。它长着硕大的脑袋和剪短的耳朵，一瘸一拐地走着。它停下，站住。它回头看了看。接着又往前走去。他放下望远镜，站在那里，目送它走远。

他沿着山梁继续前进，大拇指扣着步枪的背带，帽子推到脑袋后面。衬衫背后早已被汗水浸透。这一带的岩石上蚀刻着岩画，也许已经有上千年了。创作岩画的人跟他自己一样，都是猎人。除了这些，他们没有留下别的痕迹。

山梁的尽头是一片滑塌的岩石，一条崎岖不平的小路延伸下去。有一些蜡大戟和猫爪似的灌木。他在一块岩石上坐下，胳膊肘稳稳地撑着膝盖，用望远镜仔细观察那一带。一英里外的漫滩上停着三辆车。

他放下望远镜，把那一带整个扫视一遍。接着他又举起望远镜。好像有几个人躺在那边的地上。他踏上岩石，调了调望远镜的焦距。那些车不是四轮驱动的卡车，就是安着大个越野轮胎、绞盘、行李架上还有顶灯的野马吉普车。那几个人看着像是死了。他放下望远镜。没一会儿，又举起来。然后又放下，坐在那儿。没有东西在动。他在那儿坐了很长一段时间。

他慢慢走近那几辆汽车,取下肩上的步枪,打开保险,齐腰平端在手里。他停住脚步,仔细环顾那片原野,又看了看那几辆卡车。它们全都中弹了。金属板上的有些弹孔以一定的间隔排成一条线,他知道这是自动武器打出来的。大部分窗玻璃都被子弹打碎了,轮胎也漏了气。他站在原地。听了听。

第一辆车里有具歪倒在方向盘上的死尸。旁边还有两具躺在枯黄草地上的尸体。地上的血迹已经干结成了黑色。他停下,听了听。没听到什么。苍蝇的嗡嗡声。他绕过那辆车的尾部。那里躺着一条硕大的死狗,与他先前看见的那条走过漫滩的是同一品种。这条狗被打得肠子都出来了。再过去,又有一具脸朝下倒在地上的尸体。他隔着车窗往车里面看了看。车里那位的脑袋被打穿了。血溅得到处都是。他朝另一辆车走过去,但里面没有人。他走到脸朝下的那具尸体那里。草地上有一支霰弹枪。枪管很短,安装着手枪式的枪柄和一个二十发的弹鼓。他用脚尖轻轻踢了踢那个家伙的靴子,又仔细看了看周围低矮的山坡。

第三辆车是辆野马吉普,起重架悬在半空中,窗户被烟熏得黑乎乎的。他走过去,拉开驾驶座那边的车门。有个人正坐在车座上看着他。

莫斯跟跄着后退,把枪端起来。车上那人满脸是血。他干巴巴地动了动嘴唇。水,伙计[1],他说。水,上帝呀。

那人有一支短管的HK冲锋枪,枪上的尼龙背带搭在大腿上,莫斯上前抓起那杆枪,又后退几步。水,那人说。上帝呀。

我没水。

水。

莫斯没有关那扇车门,把那支HK挎在肩上,走开了。那个人的眼睛跟着他。莫斯绕过车头,打开另一边的车门。他扳动副驾驶座旁边的控制杆,把车座向前折叠起来。车座后面的货斗上盖着一块亮银色的防水布。他把布拉开。只见那里整齐码放着一堆砖块大小的包裹,全都裹着塑料布。他一边留意着驾驶座上那个人,一边掏出刀子,在其中一个包裹上划开一道口子。一种松散的褐色粉末漏了出来。他舔了舔食指,蘸了些粉末闻了闻。接着,他在牛仔裤上擦擦手指,把布拉过来,遮住这些包裹,往后退了几步,重新观察了一遍周围的荒野。没有任何动静。他离开那辆卡车,站住,用望远镜看了看那些低矮的山坡。火山岩的山脊。南边平坦的荒野。他掏出手帕,走

---

[1] 若无特殊说明,文中楷体表示原文为西班牙语。

回去，把他碰过的地方擦拭干净。门把手，车座控制杆，防水布，塑料包裹。他绕到车的另一侧，把那边的东西也都擦了擦。他回想了一下可能还碰过什么东西。他回到第一辆车那边，垫着手帕拉开车门，往里面看了看。他掀开手套箱，又把它盖上。他仔细看了看那个歪倒在方向盘上的死人。他没有关那扇车门，绕到驾驶座那一侧。车门上到处是弹孔。挡风玻璃上。小口径枪。六毫米口径。应该是四号铅弹。大概是吧。他拉开车门，揿揿车窗按钮，但没有任何反应。他关上车门，站在那里，观察着那些低矮的山坡。

他蹲下身，从肩上取下步枪，放在草地上，拿起那支HK，用掌根推开托弹板。弹膛里还有一发子弹，但是弹匣里只剩下两发。他对着枪口嗅了嗅。他退下弹匣，把步枪挎在一边的肩上，冲锋枪挎在另一边，又走到野马车那边，举起弹匣给车上那人看。别的呢，他问。别的呢。

那人点点头。在我口袋里。

你会说英语吗？

那人没有回答。他试图用下巴来示意。莫斯看见两个弹匣从那人身上的帆布夹克口袋里露出来。他把手伸进驾驶室，拿到它们，后退几步。血和粪便的味道。他往冲锋枪上装了一个

13

填满子弹的弹匣，把另外两个装进自己的口袋。水，伙计，那人说。

莫斯环视一下周围的原野。我跟你说过，他说。我没有水。

门，那人说。

莫斯看着他。

门。有狼。

这里没有狼。

有，有，狼。狮子。

莫斯用胳膊肘关上车门。

他又走到第一辆车那里，站住，看了看副驾那侧敞开着的车门。那个车门上没有弹孔，车座上却有血迹。车钥匙还插在点火器上，他伸手过去，转动钥匙，然后揿揿车窗按钮。窗玻璃从槽沟里慢慢升上来。有两个弹孔，玻璃内侧有一个干结的漂亮血花。他站在那儿，想了想。他往地上看了看。沙土地上有一些血迹。草地上也是。他顺着车辙印向南望着那片火山凹地，寻找那辆卡车来时走过的路。肯定还有一个家伙活着。而且肯定不是野马里那个要水喝的伙计。

他顺着那片漫滩往前走，绕了一个大圈，借着太阳的光线一路寻找那辆车的轮胎在贫瘠的草地上留下的车辙。他向南搜索了一百英尺。他发现了那个人的踪迹，跟着它找到了草地上的血迹。然后是更多的血迹。

你没走多远，他说。你可能觉得自己走远了。但你没有。

他干脆离开那些踪迹，朝视野范围内最高的地方走去，腋下夹着那支保险机打开的HK。他用望远镜看了看南边的荒野。什么也没发现。他站在原地，手指拨弄着胸前的野猪牙。这会儿，他说，你肯定正躲在什么地方，想看看有没有人跟踪你吧。要是以为我根本不可能在你发现我之前发现你，那你可就大错特错了。

他蹲下身，胳膊肘支在膝盖上，用望远镜在山谷尽头的乱石堆里搜索了一遍。他坐下来，盘起双腿，又缓慢地搜寻了一遍那一带，然后放下望远镜，就那么坐着。你这个蠢货可别朝这儿开枪，他说。千万不要。

他扭头看了看太阳。大约是十一点。咱们甚至不知道这事是不是昨天夜里发生的。搞不好是前天晚上。甚至是大前天。

也可能就是昨天夜里。

一阵微风吹来。他往后推了推帽子，用他的大手帕擦擦额头上的汗，再把它塞回牛仔裤屁股后面的口袋里。他的目光越过那片火山凹地，眺望着东边一带低矮的石头山坡。

没有什么东西受了伤还会往山上爬，他说。没这种事儿。

爬上那道山冈相当费劲，他到那儿的时候已经快到正午了。他可以望到北面很远的地方，牵引式挂车的轮廓正在微光闪烁的背景中移动。十英里。也可能是十五英里。90号公路。他坐在地上，举起望远镜把这片没有来过的地带扫视一遍。随后他就不动了。

在那道斜坡边缘岩滑堆的下方，有一小片蓝色的玩意儿。他用望远镜观察了好长一会儿。没有任何东西活动。他仔细看了看周围的原野。然后他又望了望那片蓝色。当他站起来，动身往下走时，已经过去了大半个小时。

那个死人背靠着一块岩石，两腿间的草地上扔着一把上了膛的.45式自动手枪，枪身镀着一层镍。他之前是坐着的，后来歪倒了。他睁着双眼。看上去就像是在草丛里搜寻着什么小东西。地上有血迹，他身后的岩石上也有。那些血迹仍然是暗红色的，因为到现在还没有被阳光晒到。莫斯把手枪捡起来，用拇指按住枪柄上的保险机，扳下击锤。他蹲下去，想在那个死人的裤腿上蹭掉枪柄上的血渍，但上面的血早就干结了。他站起身，把手枪插到自己腰后的皮带下面，往后推了推帽子，用衣袖擦了擦额头上的汗。他转过身，站在那儿，仔细观察着那片原野。

那个死人的膝盖旁边竖着一只沉甸甸的皮革公文箱，莫斯完全清楚那里面装的是什么，他的心里生出了一阵自己都不明所以的不安。

最后，他提起皮箱，但只往前走了几步，就在草地上坐了下来，把步枪从肩膀上滑下来，搁在一旁。他岔开双腿，把那支HK横在大腿上，皮箱立在两膝之间。接着，他伸手解开箱子上的两个皮扣带，推开铜碰锁，掀起皮革盖子，把它翻到皮箱后面。

皮箱里面平平整整地装满了一百美元的钞票。被印着10000$的银行纸带扎成了一沓沓的。他不知道这些钱加起来总共有多少，但他能估摸出大概数字。他坐在那儿看着这些钱，随后他把箱盖合上，低头坐着。他的余生就竖在眼前。日复一日，从早到晚，直至他离开人世。所有这一切，全都浓缩成了皮箱里这堆重达四十磅的纸。

他抬起头，顺着那道斜坡往远处看了看。北面吹来一阵微风。很凉爽。阳光和煦。下午一点钟。他看了看草地上那个死人。他脚上那双优质鳄鱼皮靴沾满血迹，都变黑了。这就是他人生的终点。就在这个地方。南边的远山。从草上吹过的风。十分寂静。他锁上皮箱，拉紧皮扣带，扣好，站起身，把步枪背在肩上，拎起皮箱和冲锋枪，根据影子确定了一下自己的方位，走开了。

他觉得，他知道怎么走到自己的卡车那里，他甚至想过在夜间穿过这片荒野。这一带有莫哈维响尾蛇，如果夜里在这儿被蛇咬了，那他十有八九就得加入那几具死尸的聚会了，而那个皮箱和里面的东西也会落到别的什么人手里。另一种选择是在大白天背着一支全自动步枪，提着一个装有数百万美钞的皮箱，徒步穿过开阔地的风险。此外，肯定有人正在寻找这些钱。说不定有好几个人。

他想过要不要回去拿那支带有弹鼓的霰弹枪。他是坚定的霰弹枪爱好者。他甚至考虑过把那支冲锋枪扔掉。拿着那么一支枪让他感到有种负罪感。

最后，他没有扔下任何东西，也没有回去找那几辆车。他动身走过那片原野，穿过火山脊间的峡谷，越过平地和连绵起伏的坡地。直到那天夜里，他才到了凌晨摸黑走过的那条牧场公路。随后他又走了差不多一英里才回到卡车那里。

他拉开车门，把步枪竖着放进去。他绕到另一边，拉开驾驶座那边的车门，推开控制杆，往前移了移车座，将皮箱和冲锋枪放在车座后面。他把.45式手枪和望远镜放在座位上，爬进车，尽可能往后地推了推车座，把钥匙插进点火器。然后，他脱掉帽子，向后一靠，倚着凉爽的玻璃，闭上了眼睛。

到了公路那边，他减慢车速，哐啷哐啷地从挡畜沟栅上面驶过，然后开上沥青路面，打开车前灯。他向西朝着桑德森那边开去，始终按照通行路段的最高限速来开。他在小镇东头的加油站稍作停留，抽了几根烟，喝了很多水，然后驾车来到沙漠空气汽车旅馆，在拖车房前面停下，关掉引擎。拖车房里亮着灯。就算你能活到一百岁，他说，也不会再有像今天这样的日子了。这句话刚一出口他就后悔了。

他从手套箱里取出手电筒，下了车，把驾驶座后面的冲锋枪和皮箱拿出来，爬到拖车房下面。他躺在沙土地上，向上看了看拖车房的底部。廉价的塑料管和胶合板。一些绝缘材料。他把那支 HK 塞进上面的一个角落，拉下一些绝缘材料遮住，躺在那儿琢磨了一会儿。然后，他拎着皮箱爬出来，拍拍身上的沙土，爬上台阶，走进拖车房。

她懒洋洋地躺在沙发上，边看电视，边喝可乐。连头都没抬一下。三点啦，她说。

我还能回来得更晚呢。

她从沙发靠背上面看了看他，又看起了电视。那个皮箱里是什么？

全是钞票。

哼。想得美。

他走进厨房，从冰箱里拿出一瓶啤酒。

我能用下车钥匙吗？她说。

你要去哪儿。

买烟。

烟。

对，卢埃林。买烟。我坐了一整天了。

山奈[1]呢？咱们安置好了吗？

快把钥匙给我。我他妈的到外面去抽行了吧。

他喝了一口啤酒，走到后面的卧室，单腿跪下，把皮箱推到床下面。然后又走回来。我给你带了烟，他说。我这就去拿。

他把啤酒放在台子上，走到外面，拿上那两包香烟、望远镜和手枪，然后把那支 .270 步枪挎在肩上，关上车门，回到房里。他把香烟递给她，接着走进里面的卧室。

---

[1] Cyanide，山奈，氰化物的俗称。

你那把手枪是从哪儿弄来的？她喊道。

从弄到的地方。

是你买的吗？

不。我捡的。

她从沙发上坐起来。卢埃林？

他走回来。干吗？他说。别嚷嚷了。

你花了多少钱买那玩意儿？

你管不着。

多少。

我说了。是我捡的。

不，你可从没捡到过什么东西。

他坐到沙发上，一条腿搭在咖啡桌上，喝了口啤酒。不是我的，他说。我可没有买手枪。

最好没有。

她撕开一包香烟，抽出一支，用打火机点燃。你一整天都去哪儿了？

帮你买烟去了。

反正我也不想知道。我才不想知道你一天到晚在忙活些什么。

他喝了口啤酒，点点头。这就对了嘛，他说。

我觉得你还是不知道的好。

你要是再叨叨个没完，我就把你弄到后边干你。

吹吧你。

继续啊。

她也是这么说的。[1]

先让我干掉这瓶啤酒。咱们马上就知道她说了啥没说啥了。

他醒来时，床头柜上的电子闹钟显示时间是一点零六分。他躺在床上，望着天花板，外面那盏汽灯发出刺目的强光，这间卧室沐浴在一片冷蓝的光中。像冬天的月亮。或是别的什么月亮。他早就喜欢上了那光线中的某种闪亮又陌生的东西。总比在一片漆黑中睡觉要好。

他用脚撩开毯子，坐起来。他看了看她赤裸的后背。她的发丝披散在枕头上。他伸手拉了拉毯子，遮住她的肩膀，然后下床，走进厨房。

他从冰箱里拿出一瓶水，拧开瓶盖，站在那儿，就着未关的冰箱门里的亮光喝起来。随后，他就拿着那个外壁上凝着水

---

[1] That's what she said. 一种常见的玩笑，提醒对方上一句话的表述是带有色情意味的双关语。

珠的玻璃瓶,站在那儿,望着窗户外面,顺着公路望着那些路灯。他在那儿站了很久。

他又走回卧室,从地板上捡起他的短裤,穿上,然后走进卫生间,关上门。接着,他走进另一间卧室,从床底拉出那个皮箱,打开。

他坐在地板上,皮箱竖在两腿当中,把手插进去,将抓到的钞票掏出来。每摞有二十捆。他把那些钞票塞回皮箱,又在地板上墩了墩,把那些钱弄平整。乘以十二。他能心算出来。二百四十万。全是半旧的钞票。他坐在那儿看着皮箱。你得认真想想该怎么办,他说。这事儿可不是走运那么简单。

他合上皮箱,重新扣好扣带和碰锁,把它推到床下,站起身,望向窗外悬挂在小镇北面那座石崖上空的星星。一片死寂。连声狗叫都听不见。不过,他醒来可不是因为这些钱。你死了吗?他说。肯定没有,你还没死。

他穿衣服时,她醒了,在床上扭过头来看着他。

卢埃林?

嗯。

你在干什么?

穿衣服。

你要去哪儿?

出去。

你要去哪儿,宝贝?

我有件事忘了干。很快就回来。

你要去干啥?

他拉开抽屉,拿出那把.45手枪,退出子弹夹,检查了一下,又装上去,然后把手枪插进腰带。他转过身来,看着她。

我要去干一件傻事,但我非干不可。要是我没回来,就告诉我妈,说我爱她。

你妈早就死了,卢埃林。

哦,那我就自己告诉她吧。

她在床上坐起来。你快把我吓死了,卢埃林。你是不是惹上什么麻烦了?

没有。睡觉吧。

睡觉?

我一会儿就回来。

你真混蛋,卢埃林。

他倒退着走到卧室门口,望着她。要是我回不来了呢?这就是你最后要说的话吗?

她一边穿睡袍，一边跟着他穿过门厅，来到厨房。他从洗涤槽下面拿出一个空塑料桶，站在那儿用水龙头往里灌水。

你知道现在几点了吗？她说。

当然。我知道。

宝贝，我不想让你出去。你要去哪儿？我真的不想你去。

好啦，亲爱的，咱们的想法是一样的，我也不想去。我会回来的。快去睡吧，不用等我。

他把车停在路灯下的加油站，关掉引擎，从手套箱里拿出地形图，在车座上摊开，坐在那儿研究起来。最后，他在地图上标出他觉得那些卡车应该在的位置，然后在上面画了一条穿过原野返回哈克牧场的牛栏大门的路线。他的小卡车有着一套优质的全地形轮胎，车斗里还有两个备胎，不过这一带真的不太好走。他坐在那里看着自己画的那条路线。接着他又俯下身研究了一下地形，又画了一条路线。然后，他就坐在那儿看着地图。他发动引擎，开上公路时，时间是凌晨两点十五分，公路上空荡荡的，在这么边远的地区，车上的收音机根本没有声音，从波段的这头调到另一头都没用。

他在牛栏大门口停住，下车把大门打开，驾车开过去，又下车关上大门，站在那儿，在周围的寂静中听了听。然后，他回到车上，顺着牧场公路向南驶去。

他让卡车保持着双轮驱动状态，挂着二挡向前行驶。在他的前方，尚未升高的月亮映照着竖有告示牌的暗沉山坡，就像剧院里的柔光。到了他那天早上停过车的地方，他掉转车头，开上低洼处一条之前可能是老马车道的路，这条路穿过哈克牧场向东延伸而去。月亮升了起来，浮在山坡之间，圆润、苍白、轮廓模糊，把周围的地面都照亮了，他关掉了卡车的前灯。

半个小时后，他停下车，走到一块高地上面，站在那儿，看了看东面和南面的原野。月亮升高了。一派蓝莹莹的天地。看得见云影从那片漫滩上飘过。匆匆掠过山坡。他坐在粗糙不平的岩石上，穿着靴子的双腿交叉在前面。没有野狼。什么也没有。为了一个墨西哥毒品贩子跑到这儿来。对。好吧。每个人的生命都有他的意义啊。

他回到车上，离开大路，借着月光往前行驶。他穿过谷地上游的一段火山岩岬地，又转向南边。他把地形记得很清楚。他正在穿过那天早些时候他从山梁上察看过的地带，接着他又停下来，下车听了听动静。他回到车里，把顶灯的塑料罩撬开，取下灯泡，放进烟灰缸里。他拿着手电筒坐在那儿，再次研究起了地图。又一次停下车时,他索性把引擎关掉,摇下玻璃窗,坐在车里。就那么坐了很久。

他把车停在距离那片火山凹地上游半英里的地方,从车里拿出那个装着水的塑料桶,手电筒装在裤子后面的口袋里。接着,他从座位上拿起那把.45手枪,用大拇指按着车门上的卡扣,轻轻地关上车门,转过身,朝那几辆卡车走去。

那几辆车还是跟他离开的时候一样,瘫在被打穿的轮胎上。他手里握着上了膛的手枪,慢慢地走了过去。死一般的寂静。也许是因为有月光。他的影子紧跟着他,比他想象中还要紧。这里给人一种不祥的感觉。一个闯入者。在死人之间。别自己吓自己,他说。你还不是他们中的一员呢。至少现在还不是。

那辆野马车的车门敞开着。他一发现就立刻单膝跪下。他把水桶放在地上。真他妈的蠢,他说。竟然跑回来。真是蠢死了。

他慢慢地转身张望,天光朗照着这片荒野。他能听到的只有自己的心跳。他挪到那辆卡车那里,挨着敞开的车门蹲下。那个男人歪倒在仪表台上。身体仍然被安全带勒着。到处是新流出来的血。莫斯从口袋里掏出手电筒,用手捂着灯头打开。那个人的脑袋被子弹打穿了。没有野狼。没有狮子。他遮着手电筒照了照车座后面的货仓。所有的东西都不见了。他关掉手电筒，站了一会儿。他慢慢地走到其他几具尸体躺着的地方。那支霰弹枪也不见了。月亮离中天还有一半距离。天地之间被照得一派明亮。他觉得自己就像是掉到了罐子里。

听到动静停下脚步时，他刚从火山凹地朝他停车的那边走了一半。他赶紧蹲下，把击锤张开的手枪搭在膝盖上。他可以借着月光看见停在山坡顶上的卡车。为了看得更清楚，他盯住卡车的一侧。有人正站在卡车旁边。接着又不见了。真是蠢啊，他说，从头蠢到脚。现在就等死吧。

他把手枪插进腰后的皮带，开始朝着火山岩坡顶那边小跑起来。他听到远处有一辆卡车发动了。灯光从坡顶照射过来。他奔跑起来。

刚跑到岩石斜坡那边，那辆卡车已经朝火山凹地开了一半了，车灯的光在坑坑洼洼的地面上颠簸着。他想找个地方藏起来。没时间了。他双臂抱头趴在草地上，等待着。他们要么已经看见他了，要么还没有。他等待着。卡车从旁边开了过去。等它一走远，他就立刻起身，往斜坡上爬去。

爬到一半，他又停下，站在那儿，一边喘气，一边凝神倾听四下的动静。那些车灯就在他下方的某个地方。他看不见他们。他继续往上爬。过了一会儿，他可以看见下面那些车黑乎乎的影子了。这时,那辆卡车关着车灯,又从火山凹地开了回来。

他平躺在岩石堆里。一盏聚光灯的光束扫过火山岩斜坡,又扫了回来。卡车减慢了速度。他可以听到引擎空转的声音。凸轮在缓慢地转动。大功率的引擎。聚光灯的光束再次从岩石斜坡上扫过。没事,他说。你就要解脱了。这样对大家都好。

引擎的转动声忽地加快了,紧接着又空转起来。排气管发出低沉的呜咽。凸轮、排气管和天知道的什么声音。过了一会儿,那辆车又在黑暗中开动了。

他爬到那个山坡的坡顶后,蹲下身子,从腰带下面拔出手枪,松开击锤,重新插到后腰的皮带下面,向北面和东面望了望。没有发现那辆卡车的踪影。

现在你要怎么开着你的破皮卡离开这里,摆脱追杀呢?他说。但他马上就意识到他再也别想见到他的卡车了。好吧,他说。看来有很多东西你是再也甭想看到啦。

那盏聚光灯再次照到火山凹地的边缘,顺着山梁扫过。莫斯趴在地上观察着。那辆卡车又开回来了。

要是你们知道这儿有个大活人拿走了你们那两百万美金,怎么可能不找他呢?

没错。不可能。

他趴在那儿，听着动静。他听不到那辆卡车的声音。过了一会儿，他站起身，朝着山梁的另一端走去。同时观察着周围的原野。在月光下，那片漫滩显得宽阔又平静。没法从那里穿过，也没有别的地方可去。得，哥们儿，你现在打算怎么办呢？

已经凌晨四点了。你知不知道那个可怜的家伙在哪儿啊？

我来告诉你吧。你为什么不跳上你的卡车，一路开到这里，好让那个畜生喝口水呢？

月亮高悬，看上去很小。他一边往斜坡上爬，一边一直盯着下面的漫滩。你为什么非得没事找事啊？他说。

真是他妈的没事找事。

你可不就是。

他又能听到那辆卡车了。它车灯全熄，趁着月光，绕到那道山梁最前边的地角，沿着漫滩的边缘往前驶去。他匍匐在岩石堆里。除了这些不利条件，他还想到了蝎子和响尾蛇。那盏聚光灯一直在山坡上扫来扫去。有条不紊地。光束如梭，在夜的织机上往复。他趴着没动。

那辆卡车开到另一边，又开了回来。挂着二挡向前行驶，不时地停下，引擎没劲儿地转动着。他往前爬到可以更清楚地看见它的地方。血不断从他额头上的伤口流到眼里。他都不知道这个伤口是在哪儿弄的。他用掌根擦了擦眼睛,然后在牛仔裤上蹭了蹭。他掏出手帕,按住额头上的伤口。

你可以向南,去河那边。

是的。可以。

不太开阔。

又不是过不去。

他转过身,仍然用手帕按着额头。看不到一丝云彩。

天亮以前你必须找个地方。

回家躺在床上就不错。

他仔细观察了一下那片寂静的泛蓝漫滩。一片宽阔而闷热的圆形凹地。等待着。他以前有过这种感觉。在另一个国家。他从没想到会再次碰上这种事。

他等了很长一段时间。卡车一直没有回来。他顺着山梁向南走去。他站住听了听动静。没有郊狼,什么都没有。

当他从山坡上来到下面的河谷平地时,东边的天际露出第一缕熹微的晨光。一夜里最黑暗的时刻正在来临。那片平地一直延伸到河边的陡岸,他最后一次听了听动静,然后小跑起来。

这是一段漫长的跋涉。在离河岸还有差不多两百码的时候,他又听到那辆卡车了。一道灰白的冷光照在山梁上。从这里回头看去，可以看到轮廓清晰的山梁上扬起的灰尘。还有大半英里的距离。在拂晓的寂静中，它的声音仿佛并不比湖面上的一艘小船更凶险。接着，他听见它调低了挡速。他从后腰的皮带下拔出那把.45，免得弄丢，然后就拼命奔跑起来。

当他再次回头看时，那辆卡车已经逼近一大半了。离河岸还有一百码，而且他不知道跑到那里时，等待着他的会是什么。一道陡峭的峡谷。一道长长的光束正从东边的山间穿过，在他前方的那片原野上照出一片扇形。那辆卡车的前灯、车顶货架和保险杠都发出刺眼的光。车轮离地，急速转动的引擎也怒吼着。

他们不会开枪的，他说。他们现在顾不上。

步枪的长鸣在凹地上空回荡。他意识到，刚才头顶上方的响声就是后来没入河里的子弹越过时发出来的。他回头一望，发现有个家伙的身子露在卡车天窗外面，一只手扶着驾驶室的顶棚，另一只手举着一支枪口朝上的步枪。

他跑到了河边，峡谷下游一片宽阔的冲积坡地，沿岸生长着大片的芦蔗。再往下游，河水冲刷着一片岩石陡岸，从那里拐弯，向南边流去。幽深的峡谷黑漆漆的。就连河水也是一片黝黑。他跌下陡岸，摔倒，翻滚，起身，顺着长长的沙埂向河水跑去。刚跑了不到二十步，他就意识到已经来不及了。他回头瞥了一眼陡岸的边缘，向下一蹲，双手紧握那把.45，顺着那道陡坡向下滚去。

他向下翻滚的姿势很标准，几乎闭紧的眼睛挡住了扬起的沙尘，手枪也正好抓在胸前。但没能维持多久，他就身不由己地一路摔了下去。他张开眼睛。清晨簇新的世界在他的上方，缓缓地旋转。

他猛地撞到砾石河岸上，发出一声呻吟。接着滚过一片乱蓬蓬的茅草丛，这才停了下来，趴在那里喘着气。

手枪不见了。他又顺着倒伏的茅草往回爬，直到找到手枪，他捡起来，侧身扫了一眼上方河边陡岸的边缘，在小臂上使劲磕了磕枪管，把里面的沙土磕出来。他的嘴里灌满了沙土。眼里也是。他看见天边出现了两个人，他扳开手枪的击锤，对着他们开了枪，他们又消失了。

他知道自己没有时间匍匐着爬到河那边去，干脆起身跑了起来，他蹚着水冲过一片布满砾石的浅滩，然后顺着长长的沙洲一直跑到主河床。他掏出钥匙和钱夹，塞进衬衣口袋，扣好袋子上的纽扣。吹过水面的冷风有一股铁的味道。他能闻出那种味道。他扔掉手电筒，扳下手枪上的击锤，把它塞进牛仔裤的裤裆里。然后，他脱下靴子，靴口朝下掖到腰带下面，一边一个，尽可能地用力勒紧腰带，转身，跳进了河里。

河水冷得让他窒息。他转过身，看着身后陡岸的边缘，一边喘气，一边在灰蓝色的水里倒退着游。那里什么都没有。他转过身，向前游去。

激流把他冲到了河湾处，差点儿撞到岩石上。他把自己推开。他上方的峭壁黑黢黢地耸立着，深深地向内凹去，阴影下的河水黑暗而湍急。等到他终于被冲到下游，回头看的时候，可以看见停在峡谷顶端的那辆卡车，却连一个人影都看不见。他检查了一下自己的靴子和枪都还在，便转过身，朝对岸游去。

等到他打着哆嗦从河里爬出来时，距离他跳下河的地方已经有大半英里了。他的短袜都不见了，他只好光着脚向芦苇丛那边慢慢地走去。倾斜的岩面上散布着一些圆形的凹坑，祖先们曾经在这里研磨谷物。他再回头张望的时候，那辆卡车已经开走了。在天空的映衬下，两个人的剪影正在顺着高耸的陡坡匆匆跑着。他快要走进芦苇丛里时，周围响起了一阵嗒嗒声，紧接着是一声沉闷的巨响，随后是从河对面传来的阵阵回声。

他的上臂被一颗大号铅弹击中了，像被马蜂蜇了一样刺痛。他用手捂住伤口，一头钻进芦苇丛。那颗铅弹有一半钻进了他的胳膊背面。他的左腿痛得使不上劲，呼吸也困难起来。

到了芦蔗丛的深处,他双膝一弯,跪在地上,大口大口地喘着气。接着,他松开腰带,让靴子掉在沙地上,把手伸进裤裆,取出那把手枪,放在一旁,摸了摸胳膊背面中弹的位置。那颗铅弹已经掉了。他解开衬衣纽扣,脱掉,把胳膊背面掰过来,看了看伤口。那里还能看出铅弹的形状,慢慢地渗着血,里面粘着一些衬衣的纤维。胳膊的整个背面都布满了惨不忍睹的瘀青。他拧掉衬衣上的水,重新穿上,扣好纽扣,然后穿上靴子,站起来,扣紧皮带。他捡起手枪,取下弹夹,退出弹膛里的子弹,然后把枪甩了甩,对着枪管吹了吹气,又重新装好弹夹。他不知道这把枪还能不能开火,不过他觉得应该没问题。

从芦蔗丛的另一边出来后,他停下来,回头看了看,但是那片芦蔗有三十英尺高,他什么都看不见。河的下游是一片开阔的梯地和一片三角叶杨树林。走到那里的时候,他的脚已经因为赤脚穿着湿靴子走路而起了水泡。他的胳膊肿了,抽痛不已,但似乎已经不再流血了。走出那片杨树林后,他迎着太阳,来到一片砾石沙洲上,这才坐下,脱掉靴子,看了看脚后跟被磨得红肿的地方。他刚一坐下,腿就又开始痛了。

他打开腰带上的小皮套,抽出匕首,然后站起身,再次脱下衬衣,从胳膊肘那里把两个袖子割了下来。然后,他又坐下,用割下来的袖子包住脚,再穿上靴子。他把匕首插回皮套,扣紧,拿起手枪,站起来,听了听动静。一只红翅黑鹂。没了。

他转身要走时,隐隐约约地听到那辆卡车的声音从河对岸传来。他张望了一下,但是没看见。他想,说不定那两个家伙这会儿已经过了河,就在他背后的什么地方。

他在树林里继续往前走。树干上黏附着涨水时留下的淤泥,树根缠绕在岩石之间。他再次脱下靴子,希望在走过沙砾时不要留下任何痕迹,他攀上一段狭长而多石的草甸,朝河谷南岸的陡坡走去,手里提着靴子、布条和手枪,同时留意着脚下的地形。太阳已经照进了峡谷,他走过的岩石用不了几分钟就会被晒干。到了靠近陡坡那边的一块梯地,他停下来,靴子放在旁边,趴到了草地上。再有十分钟,他就能爬到坡顶了,但是他觉得留给自己的时间可能没有那么多。在河谷的另一边,一只苍鹰轻唳着从峭壁上飞起。他趴在原地等着。过了一会儿,有个人从上游的芦蔗丛里走出来,停下,站在那里。端着一支机关枪。又有一个人从他的下游冒了出来。他们互相看了看,就继续向前走了过来。

他们从他的下方走过,他看着他们向着河的下游走去,一直走到他的视线之外。他甚至根本没去想他们。他在想自己的卡车。等到星期一早上九点，法院[1]一开门，就会有人打电话报上车牌号，弄到他的名字和住址。大约二十四个小时之后。到了那会儿，他们就会知道他是谁了，他们将会没完没了地寻找他。没完没了，绝对没完没了。

他有一个兄弟住在加利福尼亚，该跟他说些什么呢？阿瑟，有几个家伙最近会来找你，他们准备拿六英寸长的老虎钳夹住你的蛋，每问一次你知不知道我在哪儿，就把老虎钳的手柄转动四分之一圈。你可以考虑一下搬到中国去。

他坐起来，把脚裹好，穿上靴子，站起身，开始了从峡谷到坡顶的最后一段跋涉。他爬上了一片非常平坦的原野，一直向南边和东边延伸而去。红色的泥土和三齿拉雷亚灌木。中远景是一些山峦。再远什么都没有。在烈日下泛着白光。他把手枪插到腰带下面，又往下面的河谷看了看，朝东走去。到得克萨斯州兰特里的直线距离是三十英里。也许还要短。十个小时。十二个。他的脚早就在疼了。他的腿也在疼。还有他的胸膛。他的胳膊。河水就在他的身后奔流。可他一口都没去喝。

---

[1] courthouse，法院。在美国的小城镇，法院是当地的地标建筑，政府大楼通常会建在附近，或者直接把办公室设置在法院里，本书中贝尔警长的办公室就在法院里，下文中提到时也都译作"法院"。

# 2

　　我不知道现在干执法工作是不是比从前更加危险了。我记得刚干上这行那会儿，有时候会遇到斗殴事件，你想要制止，他们却要跟你打上一架。有时候你还不得不奉陪一下。他们不愿用别的办法。不过你最好不要输。你再也看不到那么多这种事了，但也许能看到更糟糕的。有一次，我碰上一个家伙拿枪指着我，他要开火的时候，我恰好抓住了那把枪，击锤上的撞针一下穿进了我大拇指的指肚。你可以看到这里留下的疤。但那个家伙确实是想杀死我。几年前，这种事还不是很多，有一天夜里，我开车走在一条双车道的沥青小路上，遇上一辆皮卡，有两个家伙坐在后面的车斗里。他们友好地闪了闪车灯，我在后面跟它拉开一点距离，但是那辆卡车上挂的是科阿韦拉牌照，我就想，好吧，我得让这伙人停下车，检查一下。于是，我打开警灯，这时我看见那辆卡车司机室后面的推拉车窗打开了，有个家伙把一支霰弹枪从那个窗口递给后面车斗里的一个家伙。我跟你说，当时我双脚立即猛踩刹车。整辆车旋转着滑向路边，车头撞入路边的灌木丛里，这时灯灭了，我最后看见的就是车斗里那个家伙端起了那支霰弹枪，枪托顶在他的肩窝上。我扑向副驾驶座，刚一扑倒，挡风玻璃就拍了过来，全是他们开枪打碎的玻璃碴子。我有一只脚仍然踩在刹车上，我能感觉到巡逻车滑进了边沟里，我以为它会翻倒，但并没有。但车里也已经全是土了。那个家伙向我开了至少两枪，把巡逻车一边的窗玻璃全打碎了，直到那时它才停下来，我躺在车座上，拔出手枪，听见那辆小货车开走了才爬起来，冲着它的尾灯开了几枪，但他们早就走远了。

　　问题是当你让某个家伙停车接受检查时，你根本不知道你会碰上哪种人。你在公路上下了车。你朝着一辆轿车走过去，却无法预料自己可能会发现什么。我在那辆巡逻车里坐了很久。引擎熄了火，但警灯还亮着。驾驶室里到处是碎玻璃和沙土。我钻出来，仔细地抖了抖身上，又回到车上，就那么坐在里面。只想好好整理一下思绪。挡风玻璃上的雨刷器挂在仪表盘上。我关掉警灯，就那么呆坐着。要是你碰上了竟然不配合警官执法还开火的人，那就是非常危险的家伙了。我再也没有见过那辆卡车。其他人也没有。也可能用的不是那个车牌。也许我当时应该驾车去追。起码应该试一试。我不知道。我把车开回了桑德森，停在咖啡馆旁边，我跟你说，人们从四面八方围过来看那辆巡逻车。车身上全是枪眼儿。看上去就像邦妮和克莱德的车子[1]。我自己则毫发未损。就连碎玻璃都没伤到我。为此我也受到了舆论的谴责。就那么把车子停在那儿。他们说我是在作秀。好吧，也许我确实是。可我得说，当时我也确实需要来杯咖啡啊。

　　我每天早上都看报纸。主要是想试着找出还会发生什么事。倒不是说我在阻止这些坏事上干得有多好。问题越来越严重了。报上说，前不久，有两个偶然碰在一起的浑小子，一个来自加利福尼亚，一个来自佛罗里达。他们是在两地中间或者什么地方碰见的。然后他们就开始结伴周游全国，到处杀人。我忘了他们究竟杀死了多少人。可这种事发生的几率能有多大？他们之前谁也没有跟对方打过照面。这样的人不可能有很多。我觉得没有。好吧，咱们确实不知道。报上还说，一天，有个女人

---

[1] Bonnie and Clyde，《邦妮和克莱德》是根据美国历史上著名雌雄大盗邦妮·派克和克莱德·巴罗的真实经历拍摄的剧情片，片名也译作《雌雄大盗》。

把她的孩子丢进了一台垃圾压缩机。谁能想得到这种事啊？我妻子再也不读报纸了。她兴许是对的。她通常都是对的。

贝尔踏上法院背面的台阶，穿过大厅，来到他的办公室。他转了一下椅子，坐上去，看着电话。快响吧，他说。我来了。

电话响了。他伸手抓起话筒。我是警长贝尔，他说。

他听着。点了点头。

道尼太太，我相信他很快就会下来了。你不如等一小会儿再打给我。是的，夫人。

他脱下帽子，放在办公桌上，闭着眼睛坐在那里，捏了捏鼻梁。是的，夫人，他说。是的，夫人。

道尼太太，我没怎么在树上见过死猫。我想，只要你别去管他，他很快就会下来的。你等会儿再打过来，好吗？

他挂上电话，坐在那儿看着它。都是因为钱，他说。你要是有足够的钱，就用不着听人讲猫跑到了树上这种烂事儿了。

好吧。也许还是得听。

电话发出粗厉的叫声。他抓起听筒,揿下通话按钮,脚跷到办公桌上。我是贝尔,他说。

他坐在椅子上听着。他把脚放了下去,坐直了身子。

把车钥匙收好,检查一下后备箱。没关系。我马上到。

他用手指敲了敲办公桌。

好吧。让你的警灯一直开着。我五十分钟就到。托波特?把后备箱关上吧。

他和温德尔把车开到那辆出事的车前面的路肩上,停好,下了车。托波特已经从他的车里出来了,站在车门旁边等着。警长点了点头。他沿着车行道的边缘走过去,察看轮胎的印迹。你已经看过了吧,我猜,他说。

是的,长官。

那咱们看一眼吧。

托波特打开出事的那辆车的后备箱,站在那儿看着那具尸体。死者衬衣的前襟上浸满了血,已经快干了。整张脸上全都是血。贝尔俯下身,把手伸进后备箱,从死者的衬衣口袋里掏出一样东西,展开。那是一张染血的得克萨斯州章克逊城加油站的汽油收据。得，他说。这儿就是这个比尔·威瑞克的人生终点了。

我没检查他带没带钱夹。

没关系。他没带。这家伙只是走了狗屎运。

他研究了一会儿死者前额上的洞。看着像是.45口径的。干净利落。很像是冲孔型子弹打的。

什么是冲孔型子弹？

一种打靶用的子弹。车钥匙在你手里吗？

是的，长官。

贝尔关上后备箱的盖子，看了看四周。州际公路上的车辆驶过时，都减慢了速度。我跟拉马尔已经说好了。我告诉他，大概再过三天就把车还给他。奥斯汀那边，我也打了电话，他们明天早上第一件事就是找你。我是不会用咱们的车来送他的，当然也值不当为他弄架直升机。你把拉马尔的车开回索诺拉，一到那边就打个电话，我或者温德尔会来接你的。你身上有钱吗？

有，长官。

像平时一样，把报告写一下。

是，长官。

白人，男性，三十八九岁，中等身材。

威瑞克怎么拼写?

你不用拼。咱们不知道他叫什么。

是,长官。

他可能在什么地方还有家人呢。

是,长官。警长?

嗯。

关于凶手,咱们有什么了解吗?

没有。趁你还没忘,先把你的车钥匙交给温德尔。

车钥匙在车上。

哦,千万不要把车钥匙留在车上。

是,长官。

两天之内回来。

是,长官。

但愿那个混蛋跑到加利福尼亚去了。

是,长官。我明白你的意思。

但我觉得他没有。

是,长官。我也这么觉得。

温德尔,准备好了吗?

温德尔弯下身子,吐了口痰。是,长官,他说。我准备好了。

他看了看托波特。要是有人把你跟后车厢里的这位伙计拦下来，你就告诉他们你什么都不知道。你就说，肯定是有人趁你喝咖啡的时候把他塞进去的。

托波特点了点头。你跟警长肯定会来把我从死牢里捞出来的吧？

要是我们捞不出来，就得跟你一块儿进去了。

你们可不能这么说死人的风凉话，贝尔说。

温德尔点点头。是，长官，他说。你说得没错。说不准哪天我自己也会变成这样。

贝尔驾车开到90号公路拐向德赖登的路口时，发现路上躺着一只死鹰。他看到羽毛在风中飘动。他把车停在路边，然后下车，走回来，脚跟着地蹲下，端详着那只老鹰。他提起它的一只翅膀，又松开手让它落下。冰凉的黄色眼珠映照出他们头顶上方的蓝色天穹。

那是一只大个儿的红尾鹰。他捏住一个翅膀尖，把它拎到边沟那里，放在草地上。这种老鹰总是在沥青公路上猎食，蹲在高高的电线杆上，监视着数英里路面上的动静。任何冒险穿过公路的小动物。逆着光接近这些猎物。不露行迹。完全沉浸在狩猎者的专注之中。他不希望车辆从它身上碾过。

他站在那儿，眺望着眼前的荒野。如此寂静。风吹过电线时发出的低吟。沿途高高的血红色野草。牛筋草和诺力草。再远一点，布满乱石的旱谷里有飞蜥出没的踪迹。夕阳下，嶙峋的群山投射出长长的影子，东边，天际高悬着煤烟一样黑的扇状雨帘，下面是荒原那闪着微光的地平线。沉默的上帝用盐和灰侵蚀着那边的土地。他回到巡逻车那里，上车，开走了。

他把车停在索诺拉警长办公室的前面，第一眼就看到了停车处横拉起的黄色警戒带。小小的法院里挤满了人。他下了车，穿过街道。

发生什么事了，警长？

不知道，贝尔说。我刚到。

他弯腰从警戒带下面钻过去，走上台阶。他轻轻敲了敲门，拉马尔抬起头来。进来吧，埃德·汤姆，他说。进来吧。我们遇上大麻烦了。

他们走到外面的草坪上。有几个人跟在他们身后。

你们先走，拉马尔说。我和警长有事要谈。

他看上去相当憔悴。他看看贝尔，又看看地面，随后又摇摇头，向远处看去。小时候，我经常在这里玩掷刀游戏。就在这儿。现在的这些年轻人可能都没听说过这种游戏。埃德·汤姆，这家伙肯定是个该死的疯子。

没错。

你接下来有什么事吗？

也没什么事。

拉马尔看向远处。他用袖子的背面擦了擦眼睛。我跟你说。这个混蛋永远不会有上法庭的那一天。要是被我逮住了，他别想活到那一天。

嗯，那咱们首先得抓住他。

那个小伙子都成家了。

这我倒是不知道。

二十三岁。干净体面的小伙子。就这么死了。现在我得去他家一趟，赶在他老婆从该死的收音机里听到这件事之前。

我可不想干这种活。真的。

我都想辞职了，埃德·汤姆。

需要我陪你一起去吗？

不了。谢谢。我得去了。

好吧。

我有种感觉，眼前这个案子，咱们真的是从来没见过。

我也有这种感觉。今天晚上我打给你。

谢啦。

他看着拉马尔穿过草坪，登上台阶，去了办公室。希望你不要辞职，他说。我觉得这种时候少了你们谁都不行。

他们在咖啡馆前面停下,时间是凌晨一点二十分。车上只有三个乘客。

桑德森,司机说。

莫斯上车后往前面走去。他注意到司机正从后视镜里看他。抱歉,他说。你看能让我在沙漠空气汽车旅馆下车吗?我有条腿受伤了,我家就在那边,但没有人能来车站接我。

司机关上车门。行啊,他说。没问题。

他刚一走进拖车房,她就立刻从长沙发上起身,跑上前去,用两只胳膊搂住他的脖子。我还以为你死了呢,她说。

好吧,我没死,用不着这么矫情吧。

我没有。

你干吗不给我煎点培根和鸡蛋呢?我趁这会儿去冲个澡。

让我看看你头上的伤口。你到底出什么事了?你的卡车呢?

我得先去冲个澡。快去给我搞点吃的吧。我的胃肯定以为我的喉咙被割断了。

他洗完出来,身上穿着一条短裤,在厨房里的富美家小桌前坐下后,她问的第一句话就是:你胳膊后面怎么啦?

几个鸡蛋?

四个。

还有烤面包片吗?

还有两片,马上就好了。到底是怎么回事,卢埃林?

你想听什么?

真话。

他呷了一口咖啡,开始往煎蛋上撒盐。

你不想告诉我,是吧?

是。

你的腿怎么了?

不小心折了。

她给刚烤出来的面包片涂上黄油,放进盘子里,在对面的椅子上坐下。我喜欢在夜里吃早餐,他说。让我回到了还是单身汉的日子。

到底怎么了,卢埃林?

实话跟你说吧,卡拉·琼。你得马上把自己的东西收拾一下,准备好天一亮就从这里滚出去。落在这儿的东西以后都甭想再看见了,所以,你还想要的东西就全都带上。早上七点十五分,会有一辆巴士从这儿发车。我希望你去敖德萨,在那儿等着我给你打电话。

她往椅背上一靠,看着他。你希望我去敖德萨?她说。

没错。

你不是在开玩笑吧?

我?当然不是。我一点都没有开玩笑。咱们没果酱了?

她起身,从冰箱里拿出果酱,放在小桌上,又坐了回去。他拧开果酱罐,挖了一些放在烤面包片上,用餐刀抹开。

你带回来的那个皮箱里装的是什么?

我告诉过你。

你说里面全是钱。

嗯,我想那里面装的就是这个。

它在哪儿?

在里屋的床下面。

床下面。

是的，夫人。

我可以去看看吗？

你是自由的白人，二十一岁了，所以我认为你可以做任何你想做的事情。

我不是二十一岁。

好啦，你爱几岁就几岁吧。

你真的要我乘巴士去敖德萨？

你必须乘巴士去敖德萨。

我该怎么跟妈妈说呢？

好办，你可以试试站在门口大喊：妈我回来了。

你的卡车呢？

报废了。没有什么东西是永久的。

那咱们早上怎么去车站呢？

给那边的罗萨小姐打个电话。她不会不管的。

你到底干了什么，卢埃林？

我抢了斯托克顿堡的银行。

你很清楚自己就会胡说八道。

你既然不相信我，干吗还要问我？你应该到里屋去，把自己的东西收拾一下。再有四个小时天就亮了。

让我看看你的胳膊。

你不是都看见了吗?

我帮你涂点药吧。

好吧,我想储藏柜里应该还有一些专治铅弹伤的药膏,要是还没用完的话。你能不能去干你自己的事,别再烦我?我得吃东西了。

你中枪了?

没有。我那么说就是想吓唬你一下。赶紧去吧。

他驾车跨过得克萨斯州谢菲尔德北面不远的佩科斯河，向南驶上349号公路。当他在谢菲尔德的加油站停下车时，天色已近傍晚。几只鸽子在泛红的暮色里掠过公路，朝南飞向农场的蓄水池。他从店主那儿换了一些零钱，打了一个电话，加满油箱，然后回到店里，结了账。

过来的路上下雨了吗？店主问。

你说的是哪条路？

我看见你是从达拉斯来的了。

齐格从柜台上捡起找零。我从哪儿来的关你什么事，老兄？

我没什么别的意思。

你没什么别的意思。

我只是闲聊两句。

我猜只有你们这些乡巴佬才会这么闲聊吧。

哦,先生,我道歉。要是你不肯接受我的道歉,我也不知道还能为你做些什么。

这些要多少钱?

什么?

我说这些要多少钱。

六毛九。

齐格把一张一美元的纸钞展开,放在柜台上。店主把钱放入收款机,像庄家发筹码一样把找零堆放在齐格面前。齐格的眼睛一直盯着他。店主移开视线,干咳了几声。齐格用牙齿撕开腰果的塑料包装袋,往手心里倒了三分之一,站在原地吃了起来。

还要买点别的吗?店主说。

我不知道。你说呢?

有什么不对劲的吗?

什么不对劲?

随便什么。

你是在问我这个吗,随便什么有什么不对劲吗?

店主转过头去,把拳头放到嘴边,又咳了几下。他看看齐格,又移开视线。他向店铺前面的窗户外面看了看。加油泵和那辆轿车就在那边。齐格又吃了一小把腰果。

还需要其他东西吗?

这个你已经问过我了。

呃,我准备关门了。

准备关门了?

是的,先生。

你都什么时间关门?

现在。现在关门。

现在不是一个确切时间。你什么时间关门。

通常是在天黑的时候。天黑的时候。

齐格站在原地,慢慢咀嚼着。你不知道自己在说什么,是不是?

先生?

我说你不知道自己在说什么,是不是。

我在说关门的事儿。我刚才说的就是这个。

你什么时间睡觉。

什么?

你是不是有点聋?我说你什么时间睡觉。

哦。我想是九点半左右。差不多九点半吧。

齐格又往手心里倒了一些腰果。那我到时候再来一趟,他说。

那时候我们已经关门了。

没关系。

那你干吗还来?我们已经关门了啊。

你已经说过了。

反正我们已经关了。

你住在店后面的房子里吗?

对啊。

你这辈子一直都住在这儿?

店主过了一会儿才回答。原先呢,他说,这是我岳父的房产。

你是个上门女婿。

我们在得克萨斯的坦普尔生活了很多年。在那儿成家的。在坦普尔。大约四年前我们才搬到这里。

你是个上门女婿。

要是你想这么说的话也没错。

不是我想这么说。事实就是这样。

好吧,现在我该关门了。

齐格将最后一点腰果倒进手心,把小塑料袋揉成一团,搁

59

在柜台上。他直挺挺地站在那里咀嚼着,样子有些古怪。

你似乎有很多问题想问,店主说。对于一个不想说自己是从什么地方来的人来说。

在你见过的抛硬币赌局中,输掉的最大的赌注是多少?

先生?

我问你在你见过的抛硬币赌局中,输掉的最大的赌注是多少。

抛硬币?

抛硬币。

不知道。大伙儿一般不会用抛硬币来赌。通常都是为了决定什么事儿。

那你见过的里边,要决定的最大的事是什么?

我不知道。

齐格从口袋里掏出一枚二十五美分的硬币,用手指一弹,它就翻转着飞到了头顶上方荧光灯泛蓝的刺眼强光里。随后,他一把接住硬币,把它拍在前臂后部血迹斑斑的绷带上。猜一下,他说。

猜一下?

对。

赌什么呢？

你就猜吧。

可是，我得知道咱们要赌什么。

这有什么区别吗？

店主第一次看向齐格的眼睛。蓝得像天青石。既炯炯有神，又高深莫测。像湿漉漉的石头。你得自己猜，齐格说。我不能替你猜。那样不公平。也不对。快猜吧。

我又没押什么东西。

不，你押了。你已经押上了你的整个人生。只是你不知道而已。你知道这个硬币上的日期是哪年吗？

不知道。

一九五八年。它辗转了二十二年才来到这里。现在它总算到了。我也到了。还用我的手盖住了它。现在朝上的一面要么是人头，要么是数字。你必须猜一个。快猜吧。

我不知道赢了会得到什么啊。

在泛蓝的灯光下，店主的脸上冒出细小的汗珠。他舔了舔上嘴唇。

赢了你就能得到一切，齐格说。一切。

这实在是没有道理啊，先生。

猜吧。

那就人头吧。

齐格拿开手掌。他把手臂缓缓地转过来，让店主看了看。猜得好，他说。

他从手腕上拈起那枚硬币，递了过去。

我要它干什么？

拿着。这是你的幸运币。

我不需要。

不，你需要。拿着。

店主接过硬币。现在我该关门了，他说。

别把它放进口袋。

什么？

别把它放进口袋。

那你想让我放在哪儿？

别把它放进口袋。你会分不清哪个是它的。

好吧。

任何东西都可以成为工具，齐格说。微不足道的东西。你根本不会注意的东西。它们从这个人手上传到另一个人的手上。人们从来没注意过。然后有一天，算账的时候到了。从此，所有的事情都不一样了。好吧,你会说。这只是枚硬币。比如说。没什么特别的。它是用来做什么的工具?你发现了问题所在。把行为从物件中剥离出来。就像某些历史时刻的组成部分可以与其他时刻的互换。这怎么可能呢?对,这只是枚硬币。没错。但它就是能做到。不是吗?

齐格窝起一只手,把柜台上的找零扒进这只手心,塞进口袋,转身走出店门。店主看着他离开。看着他上了那辆车。那辆车发动,驶出砾石铺的回车区,开上向南去的公路。车灯一直未开。他把那枚硬币放在柜台上,看着它。他的双手搁在台面上,就这么撑在那里,垂着头。

晚上八点左右,他到了德赖登。他在贡德拉饲料商店前面的十字路口停了停,车灯未开,引擎未关。随后,他打开车灯,开上 90 号公路,向东驶去。

他发现公路边上的白色路标,看上去就像土地勘测员的标杆,但没有数字,只有一些箭头。他记下车上里程表显示的总里程数,又开了一英里,然后放慢车速,离开了公路。他熄掉车灯,让引擎转着,下车,走过去,拉开门,又走回来。他把车从挡畜沟栅上开过去,再次下车,把栅栏门重新关上,站在那儿听了听动静。然后，他再次回到车上，沿着车辙向前开去。

他顺着一道向南延伸的栅栏向前行驶，福特轿车在坑洼不平的地面上不停地颠簸。那道栅栏已经老朽，仅余三根铁丝挂在几个牧豆树桩上。走了差不多一英里，他来到一片布满砾石的平地，一辆道奇公羊装运者停在那里，车头冲着他。他慢慢地把车开到它旁边，关掉引擎。

那辆公羊装运者的窗户颜色非常深，看上去跟黑的一样。齐格打开车门，下了车。一个男子从道奇的副驾那边下来，把车座折到前边，爬到后排座位上。齐格绕过去，上了那辆车，关上车门。走吧，他说。

你跟他谈过了吗？司机问。

没有。

他还不知道发生了什么？

对。走吧。

他们在漆黑的荒野上颠簸驶去。

你打算什么时候告诉他？司机说。

等我知道要告诉他什么的时候。

他们驶到莫斯的卡车那里，齐格俯身向前，打量着那辆车。

这是他的卡车？

就是它。车牌不见了。

在这儿停车。你有螺丝刀吗？

在那个工具盒里找找。

齐格拿着一把螺丝刀从车上下来，走到卡车旁边，拉开车门。他把车门内侧的铝质车辆识别号牌从固定它的铆钉上撬了下来，装进口袋，走回来，上了车，把螺丝刀丢进手套箱。轮胎是谁扎破的？他问。

不是我们。

齐格点点头。走吧，他说。

他们把车停在和那几辆车有一段距离的地方，走过去察看。齐格在那儿站了很长时间。尽管荒原上很冷，他也没穿外套，可他似乎毫不在意。另外两个人站在一边等着。他手里拿着一只手电筒，打开，在那些卡车中间走了走，看了看那几具尸体。那两个人在他身后不远处跟着。

谁的狗？齐格说。

我们不知道。

他站在那辆野马车旁边，看了看那具瘫倒在仪表台上的死尸。接着，他用手电筒照了照车座后面的小货仓。

信号接收器在哪儿？他说。

就在卡车上。你要吗？

能收到信号吗？

不能。

什么都没有？

连个哔哔声都没有。

齐格仔细研究了会儿那具死尸，又用手电筒推了推他。

有股烂牵牛花的味道，其中一人说。

齐格没有答话。他倒退着出了卡车，站在那里，望了望月光下的斜坡。死一般的寂静。野马车上的那个家伙死了肯定还不到三天。他从裤腰带上拔出手枪，转向那两个人站的地方，快速地朝他们的脑袋各开了一枪，随即又把枪插到腰带下面。第二个人倒下时，头已经朝先倒下的那个扭过去了一半。齐格走到他们两个中间，弯下腰，从第二个人身上拽下手枪背带，把挂在上面的九毫米口径格洛克手枪拎了起来，回到车前，上车，发动引擎，掉头驶出那片火山凹地，向公路那边开了回去。

# 3

我真不知道执法工作受益于新技术的地方是不是真的有那么多。能到我们手里的那些工具,也能到他们手里。倒不是说你能回到过去。也不是说你真的愿意回去。老早以前,咱们用的是老式的摩托罗拉双波段收音机。而现在,咱们已经用了好几年高波段的了。有些事情是不会改变的。常识不会改变。我会告诉我的副手们,有时候只要追着蛛丝马迹去查就够了。我仍然喜欢老式的柯尔特。.44-40口径的。要是用这种枪都没法阻止他,那你还是丢下武器拔腿就跑吧。我也喜欢老式的97型温彻斯特步枪。主要是因为它的击锤设计。我不喜欢那种开火前还得打开保险的枪。当然,有些事变糟了。我的那辆巡逻车已经跑了七年。引擎是454马力的。这种你再也弄不到了。有一次我开了一辆新车。却连个大胖子都追不上。我跟人说我坚持用自己用惯了的东西。这不一定是个好办法。可也不一定是坏的。

还有一件事情,我搞不明白。人们也会经常问我这方面的问题。我没法回答,因为我宁愿把它彻底取消。我根本不想再看一次。去见证。那些真正应该被处死的家伙常常逍遥法外。我对此坚信不疑。你一定记得一些这样的事情。人们不知道该穿什么。有那么一两个会穿一身黑,我想应该是合适的。但也有一些人衣冠不整地就来了,这让我有点烦。我讲不太清楚这是为什么。

不过,他们似乎很知道该做些什么,这倒真让我有些诧异。我知道,他们大多数人以前都没有见证过死刑执行过程。结束之后,死刑犯瘫在行刑椅上,他们就把毒气室的幕帘拉上,站起身,排着队走出来。就像从教堂之类的地方出来似的。只不过表情会有些特别。是的,有些特别。我得说,那或许是我这辈子经历过的最不寻常的一天。

不信任这个的人真是不少。即便是那些在死牢里工作的人。你肯定会惊讶的。他们当中有些人,我想,也有过惊讶的时候。有时,你在很多年里几乎天天看到某个家伙,然后有一天,你押着他走过走廊,送他去死。好吧。几乎所有人听到这个都会笑不出来的。不管那人是谁。当然，他们中的有些家伙也并不怎么聪明。皮凯特牧师曾经跟我说起一个他帮忙做过心理疏导的家伙，他吃了最后一餐，又要了一份餐后甜点，诸如此类的东西。时间到了，皮凯特问他不打算吃他的餐后甜点了吗，那个家伙却说，他要留着等回来后再吃。我不知道对此该说些什么。皮凯特也是。

我从来没有非得杀死谁，对此，我真的感到非常庆幸。从前，有些警长甚至连枪都不带。很多伙计觉得这很难以置信，可这就是事实。吉姆·斯卡伯勒就从来不带。我说的是小吉姆。加斯顿·波伊金斯也从来不带。北面科曼切县的那位。我一直喜欢听人讲老一辈的事儿。只要有机会就绝不错过。早年间警长们对自己辖区人民曾有过的那种关怀已经有些淡化了。你不由自主地就会这么觉得。巴斯特罗普县的尼格·霍斯金斯对全县每个人的电话号码都烂熟于心。

想想就觉得奇怪。现在，滥用职权的情况简直到处都是。在得克萨斯州的宪法中，对于警长的职权并没有什么明文规定。一条都没有。县里的法律中也没有这方面的规定。想想看，一项工作，拥有和上帝一样多的权威，却没有什么法规约束，还得负责维护一些并不存在的法律，你说这是不是很诡异。反正我觉得是。可这样能行吗？当然。百分之九十的情况下都行。因为好人用不着怎么约束。不怎么用得着。而坏人根本没法约束。也可能可以，只是我从没听说过。

九点差一刻，巴士抵达了斯托克顿堡，莫斯站起身，从行李架上取下他的提包，又从座位下面拿出那个公文箱，站在那儿，低头看着她。

别带着那玩意儿上飞机，她说。他们会把你关进牢里的。

我妈养大的可不是傻子。

你准备什么时候给我打电话。

过不了几天就打给你。

那好。

你自己小心。

我有种不好的预感，卢埃林。

哦，我有种不错的预感。所以它们应该扯平啦。

但愿如此。

我只能用公用电话打给你。

我明白。一定要打给我。

我会的。不要担心了。

卢埃林？

怎么了。

没怎么。

到底怎么了。

没怎么。就想再叫叫你。

照顾好你自己。

卢埃林？

嗯。

不要伤害任何人。听到没有？

他站在原地，提包挂在肩上。我可不能保证什么，他说。弄不好受伤的就是你自己。

贝尔刚把第一叉晚餐送到嘴边时,电话响了。他又放下餐叉。她已经开始往后挪她的椅子了,但他还是用餐巾抹了抹嘴,站起身。我来接吧,他说。

好的。

他们到底是怎么知道咱们几点吃饭的?咱们可从来没有吃得这么晚过啊。

别抱怨了,她说。

他抓起电话。贝尔警长,他说。

他听了一会儿,然后说:我得先把晚饭吃完。大约四十分钟后到你那儿。让你车上的警灯一直开着吧。

他挂上电话,走回椅子那里坐下,拾起餐巾放在大腿上,拿起餐叉。有人报告说有一辆汽车着火了,他说。就在洛茨峡谷那边。

你打算怎么办？

他摇了摇头。

他吃完东西。喝下最后一口咖啡。跟我一起去吧，他说。

那我去穿大衣。

他们在大门那边驶下公路，驶过拦畜沟栅，停在温德尔那辆警车后面。温德尔走过来，贝尔摇下车窗。

离这儿大约有半英里，温德尔说。跟我走吧。

我能看见。

是的，长官。大约一个小时前，在这儿可以看得更清楚。报警的人就是从公路上看见它的。

他们在不远的地方停下，从车里出来，站在那儿望着它。可以感觉到热气扑面而来。贝尔绕到车的另一边，打开车门，拉住妻子的手。她从车里出来，双臂抱胸站着。前面不远处停着一辆小型运货卡车，两个男人站在那儿，身上映着黯淡的红光。他们先后冲着警长点了点头，打了声招呼。

咱们应该带点小香肠来烤，她说。

是啊。棉花糖。

真想不到一辆车会烧成这样。

是啊，真想不到。你们有什么发现吗？

没有，长官。只有火。

没有漏掉什么人或东西吧？

没有，长官。

温德尔，你看它像不像一九七七年的福特车？

应该是。

我觉得它就是。

是那家伙开的那辆吗？

没错。牌照是达拉斯的。

他今天可真倒霉，是吧，警长？

可不是。

你说他们为什么放火烧它？

不知道。

温德尔转过身去，吐了口痰。我想，那家伙离开达拉斯的时候，脑子里肯定想不到会发生这种事儿，是吧？

贝尔摇了摇头。想不到，他说。我猜这是他最想不到的事了。


第二天早上，他到办公室的时候，电话正在响个不停。托波特还没回来。直到九点半，他才打来电话，贝尔派温德尔去接他。然后,他把脚跷到办公桌上,盯着自己的靴子。他就那么坐了一会儿。之后,他抓起电话,呼叫温德尔。

你到哪儿了?

刚过桑德森峡谷。

掉头回来吧。

没问题。托波特怎么办?

给他打个电话,让他留在那儿等着。我今天下午过去接他。

好的,长官。

你先去我家那边,问洛蕾塔要一下卡车钥匙,把载马的拖车挂上。然后给我的马和洛蕾塔的都装上马鞍,牵到车上。我大约一个小时后到那儿跟你会合。

是,长官。

他挂上话筒,站起身,去巡查里面的拘留室。

他们驱车穿过大门,然后下车关上门,再沿着围栏往前开了大约一百英尺,停下车。温德尔拉开拖车门,放马下来。贝尔抓起他妻子那匹马的缰绳。你骑温斯顿吧,他说。

你确定?

哦,我十分确定。我敢说,要是洛蕾塔的马有个三长两短,你绝对不希望骑在它背上的那个人是你自己。

他把带来的杠杆式步枪递给了温德尔一支,自己拿了一支,翻身跨上马鞍,向下拉了拉帽子。准备好了吗?他说。

他们并排骑着马。尽管咱们的车已经轧过了他们留下的车辙印,可还是能分辨得出那是什么车,贝尔说。大型越野轮胎。

他们走到被烧毁的轿车那里,只剩下一具烧焦的残骸。

这车牌照的事,你还真说对了,温德尔说。

不过轮胎的事我可说错了。

怎么讲。

我以为它们还在烧呢。

那辆轿车仿佛陷在四个柏油坑里,车轮上面缠绕着一团团烧得焦黑的金属丝。他们骑着马继续往前走。贝尔时不时地指指地面。看得出,有些车辙是白天留下的,有些是晚上,他说。他们从这儿开过去的时候没开车灯。看那儿的车辙怎么是弯弯曲曲的?就像可见距离只够勉强躲开眼前的灌木。再看那边,说不定那些石头上也留下了一些擦痕。

在一片沙滩上,他下了马,来回走了走,然后朝南望了望。来回的车辙印是一样的。大概是在同一个时间留下的。你可以清清楚楚地看到这些车胎痕迹。这些都是他们的车走的路线。

我敢说，每条路他们来回走了至少两次。

温德尔骑在马上，双手交叠，放在拴着套索的马鞍前桥上。他侧身吐了口痰。跟着警长朝南边望去。依你看，咱们会在前面发现什么呢？

不知道，贝尔说。他把脚伸进马镫，轻而易举就上了马鞍，骑着那匹小马往前走去。不知道，他又说了一次。不过，我知道自己并不希望看到什么。

他们来到莫斯的卡车那里，警长勒住马，仔细看了看，然后慢慢地绕着卡车转了一圈。两边的车门全都敞开着。

有人把门上的身份号牌撬走了，他说。

车架上也有号码啊。

没错。我想他们撬走身份号牌并不是为了不让人发现它的号码。

我认得这辆卡车。

我也认得。

温德尔俯身，拍了拍马的脖子。那个家伙叫莫斯。

没错。

贝尔骑着马从卡车后面绕过来，让马转向南边，看着温德尔。你知道他住在哪儿吗？

不知道，长官。

他结婚了，是吧。

我觉得他结了。

警长骑在马上看着那辆卡车。我只是在想啊，要是他失踪了两三天但没有任何人说起这事，这肯定有点不对劲儿。

肯定不对劲儿。

贝尔看着下面的火山凹地。我觉得咱们这回可真是摊上事儿了。

我明白你的意思，警长。

你觉得这家伙是毒品贩子吗？

不知道。我觉得不是。

我也这么觉得。咱们下去看看那个烂摊子吧。

他们骑着马走进那片火山凹地，同时把温彻斯特步枪朝上竖在马鞍前桥上。但愿这个家伙没有死在这儿，贝尔说。我见过他两次，感觉还算是个正派人。老婆也很漂亮。

他们骑马路过地上那几具尸体，停住，下马，放开缰绳。马不安地踱来踱去。

咱们得把马牵远一点，贝尔说。它们不需要看到这些。

好的，长官。

等他走回来，贝尔递给他两个钱夹，都是从死尸身上找到的。随后，贝尔朝卡车那边看了看。

这俩家伙没死多久，他说。

他们是从哪儿来的？

达拉斯。

他捡起一把手枪，递给温德尔，然后挂着他带来的那支步枪蹲下。这俩家伙是被谋杀的，他说。一个他们的自己人干的，我敢说。这位甚至没来得及打开手枪的保险。两个人都是眉心中弹。

另一个没带枪吗？

可能是杀手拿走了。也可能是他本来就没带。

那碰上枪战可就倒霉了。

倒霉。

他们走在那几辆卡车之间。这些人渣，一个个都跟被放血的猪似的，温德尔说。

贝尔瞥了他一眼。

是啊，温德尔说。我想咒骂死人的时候确实是应该谨慎小心点。

我得说诅咒死人至少是不可能带来好运的。

他们只不过是一帮墨西哥毒品贩子。

他们曾经是。现在已经不是了。

我没听懂你的意思。

我是说，不管他们以前是干什么的，现在他们只是死人。

我看这可不一定。

警长把野马车的车座掀到前面，看了看车座后面。他沾了点口水，按了按垫子，然后把手指举到阳光里。这个车座后面放过墨西哥佬的海洛因。

不过早就没影了，不是吗。

早就没了。

温德尔蹲下身，仔细看了看车门下面的地上。这边的地上好像也撒了一些。可能是有人割开了一包。看看里面是什么。

可能是在检查质量。准备交易。

他们没有交易。他们互相开了枪。

贝尔点点头。

说不定连钱都没带。

有可能。

但你并不相信。

贝尔想了想。是的，他说。我不太相信。

这又是一个疑点。

是的，贝尔说。反正我觉得是。

他直起身子，把车座推回原位。这位好公民也是眉心中弹。

是啊。

他们绕到卡车的另一边。贝尔指了指前面。

那儿有一支机关枪，显然有人跑到那边去了。

我看也是这样。你觉得司机到哪儿去了？

也许那边草地上躺着的有一个就是吧。

贝尔掏出手帕，遮住鼻孔，伸手从地上捡起几枚黄铜弹壳，看了看压印在弹壳底部的号码。

你捡到的是什么口径的子弹，警长？

九毫米的。还有两个.45的手枪弹壳。

他把子弹壳扔到地上，退后几步，提起他那支靠在卡车旁边的步枪。看情况，这玩意儿是有人用霰弹枪扫射这辆车时留下的。

你不觉得这些枪眼有点小吗？

我看子弹不是00型的铅弹。倒像是四号鹿弹。

真是浪费啊。

你说得没错。这些子弹拿去扫射一条巷子都够了。

温德尔向火山凹地远处望了望。是的，他说。有人从这儿离开了。

我敢说肯定是这样。

你说他们会不会被郊狼吃了？

贝尔摇了摇头。不知道，他说。它们可能不吃墨西哥人吧。

那边那几个又不是墨西哥人。

嗯，这倒是真的。

这里发生的枪战肯定像越南。

越南，警长说。

他们离开那几辆卡车。贝尔又捡了几个子弹壳，看了看，又把它们扔掉。他捡起一个蓝色的塑料快速装弹器，站着观察了一下现场。我来告诉你是怎么回事吧，他说。

说吧。

最后那个家伙不太可能毫发未损。

我赞成。

咱们不如骑马到高一点的地方去看看。也许能找到一点线索。

我觉得可以。

你说他们把一条狗弄到这儿来是想干什么？

我可说不上来。

他们在东北方向一英里处的岩石那里发现那具死尸时，贝尔就骑在他妻子的马上。坐了很久。

你在想什么，警长？

警长摇了摇头。他下了马，朝着那具蜷曲着的死尸走去。他把步枪扛在肩上，跨过地上的尸体。接着他蹲下身，仔细察看草地。

这家伙也是被自己人谋杀的吗，警长？

不是，我想这位是自然死亡的。

自然死亡？

对于干他这行的人来说，这是自然的。

他连把枪都没带。

是啊。

温德尔侧转过身，吐了口痰。有人在我们之前来过这儿。

我觉得也是。

你觉得是那个人把钱拿走了？

我看很有可能。

就是说，咱们还是没有找到最后那个人，是吧？

贝尔没有回答。他站起身，望了望远处的原野。

真是一团乱麻，是吧，警长？

就算现在不是，早晚也得是这样。

他们骑着马，穿过火山凹地上游的坡地往回走。途中，他们勒住马，望了望莫斯的那辆卡车。

你觉得这个哥们儿现在在哪儿？温德尔问。

不知道。

我想在你的工作列表中，最紧要的就是搞清楚他在哪儿吧。

警长点了点头。最紧要的，他说。

他们开着车回到县城，警长让温德尔把卡车和马送回他家。

你要记着敲敲厨房的门，跟洛蕾塔说声谢谢。

我会的。反正我也得把钥匙交给她。

用她的马，县里是不付钱的。

明白了。

贝尔给托波特打了个电话。我这就过来接你了，他说。你就待在原地等着吧。

他把车停到拉马尔办公室前面时，那些警戒带仍然拦在县法院的草坪那边。托波特坐在台阶上。他站起身，向车走来。

你还好吧？贝尔问。

还好，长官。

拉马尔警长在哪儿?

有电话把他叫出去了。

他们驶向高速公路。贝尔把火山凹地那边的情况对他的副警长讲了讲。托波特听着,没有吭声。他坐在那里,看着车窗外面。过了一会儿,他说:我拿到奥斯汀那边送来的报告了。

他们怎么说。

也没说什么。

他是被什么枪打的?

他们不知道。

他们不知道?

是的,长官。

他们怎么能不知道?伤口是有进没出啊。

是啊,长官。这点他们也痛快地承认了。

痛快地承认了?

是的,长官。

那他们到底怎么说的,托波特?

他们说,死者的前额有一个像是大口径子弹射出的伤口,大约有两英寸半深,穿过颅骨钻到了大脑的前额叶,但是没有发现子弹。

说是枪伤。

是的，长官。

贝尔把车开上州际公路。他在方向盘上敲着手指，看了看他的副手。

你说的情况实在是让人没法理解啊，托波特。

我也这么跟他们说了。

他们怎么回答？

他们什么都没说。他们用联邦快递把报告送过来了。X光片和其他所有材料。他们说明天上午就能到你的办公室了。

他们沉默地驾车前行。过了一会儿，托波特说：整件事情实在是太不正常了，是吧警长？

的确是。

现在总共死了多少人了？

问得好。虽然我数过，可我也不确定。八个吧。算上副警长哈斯金斯就是九个。

托波特望着远处的原野。警车在路上拖出很长的影子。这些家伙究竟是什么人啊？他说。

不知道。我常说，他们跟咱们一直以来不得不对付的那些家伙没什么两样。跟我祖父不得不对付的那些家伙也没什么两样。过去他们是偷牲口的。现在他们是贩卖毒品的。不过,我现在也不确定了。我跟你一样。真不知道咱们以前有没有见过这些家伙。这种类型的。我都不知道该怎么对付他们。要是把这帮家伙全都杀了,那地狱得扩建才够用。

临近正午时分,齐格驾车来到沙漠空气汽车旅馆,停在莫斯的拖车房前,关掉引擎。他从车里出来,穿过裸露的泥土院子,登上台阶,敲了敲铝制的房门。他等了一会儿。然后又敲了敲。他转过身,背对着拖车房站在那儿,观察了一下那块小停车场。没有任何动静。连一条狗都没有。他又转过身,抬起手腕,对准门锁,用系簧枪的深蓝色钢制活塞柱把锁心撞出去,推开房门,走进去,反手关上了门。

他停下脚步,手里握着那个副警长的左轮手枪。他往厨房里看了看。回身走进卧室。他穿过卧室,推开卫生间的门,走进另一间卧室。地板上丢着一些衣服。衣橱的门敞开着。他拉开梳妆台最上面的抽屉,又把它关上。他把手枪插到背后的腰带下面,拉了拉衬衣,把枪遮住,回到厨房里。

他拉开冰箱门,拿出一盒牛奶,打开闻了闻,喝了起来。他用一只手拿着那盒牛奶,站在那儿,看着窗外。他又喝了一口,然后把牛奶盒放回冰箱里,关上冰箱门。

他走进起居室,坐在沙发上。桌上摆着一台很不错的二十一英寸电视机。他看着自己映在暗灰色荧屏上的影子。

他起身从地板上捡起信件,重新坐下来,浏览了一遍。他把三个信封折起来,放进自己的衬衣口袋,起身走了出去。

他向南开到汽车旅馆办事处前面,停下车,走了进去。你好,先生,一个女人招呼道。

我要找卢埃林·莫斯。

她打量了他一下。你去过他的拖车房吗?

是的,去过。

哦,我想他可能正在上班。你要给他留口信吗?

他在哪儿工作?

先生,我无权透露我们住户的信息。

齐格环顾了一下这个用胶合板搭建的小办事处。他盯着那个女人。

他在哪儿工作。

先生?

我说,他在哪儿工作?

你没听见我的话吗?我们不能透露住户的信息。

89

从什么地方传来厕所冲水的声音。门锁的咔嗒声。齐格又看了看那个女人。然后走了出去，钻进那辆公羊装运者，开走了。

他把车停在一家咖啡馆前边，从衬衣口袋里掏出那几个信封，展平，撕开，读了读里面的信。他撕开电话账单，看了看通话记录。上面有打到德尔里奥和敖德萨的电话。

他走了进去，换了一些零钱，然后走到付费电话机旁边，拨了德尔里奥那个电话号码，但是没人接。他又拨了敖德萨那个号码，一个女人接了。他说要找卢埃林。那个女人说卢埃林不在那儿。

我去桑德森找过他，但我想他已经离开那儿了。

一阵沉默。接着,那个女人说:我不知道他在哪里。你是谁？

齐格挂上电话，走到吧台那边，坐下来，点了一杯咖啡。卢埃林来过这儿吗？他问。

他把车停在修车场前面时，有两个人正背靠着那座房子的墙，坐在那里吃午餐。他走了进去。有个男人坐在办公桌前，喝着咖啡，听着收音机。你好，先生，他说。

我找卢埃林。

他没来。

你觉得他什么时候会来？

不知道。他没往这儿打过电话，也没留下什么话，所以我和你一样不知道。他把头微微侧向一边。仿佛要换个角度看看齐格。有没有什么可以为你效劳的？

我想没有。

到了外面，他站在坑坑洼洼、沾满油污的车道上，看了看坐在房子另一头的那两个人。

你们知道卢埃林在哪儿吗？

他们摇了摇头。齐格钻进车里，离开那里，又回镇上去了。

午后不久，大巴到了德尔里奥，莫斯拿起他的行李，下了车。他走到出租车停靠站，拉开停在那儿的出租车的后门，坐进去。送我去汽车旅馆，他说。

司机从后视镜里看着他。你打算去哪家？

不知道。便宜就行。

他们开到一个叫作步道汽车旅馆的地方，莫斯拿着他的提包和那个公文箱从车里出来，付了司机车费，走进接待处。一个女人正坐在那里看电视。她站起来，走到办公桌后面。

91

有房间吗?

房间有的是。住几个晚上?

还不确定。

住一星期的话有优惠,所以我才问你。三十五美元,外加一块七毛五的税。三十六块七毛五。

三十六块七毛五。

是的,先生。

一个星期。

是的,先生。一个星期。

这是你们最便宜的房价?

是的,先生。住一星期的优惠房价,不可能再低了。

呃,那我就先住一天再定吧。

好的,先生。

他拿着钥匙,走到房间那边,进去,关上门,把那些包放在床上。他拉上窗帘,站在那儿,透过窗帘的缝隙观察了一下外面脏兮兮的小院子。非常安静。他扣好房门上的保险链,坐在床上。接着,他拉开帆布袋的拉链,取出那把自动手枪,放在床单上,挨着它躺了下来。

一觉睡醒,已经是傍晚了。他躺在床上,望着污渍斑斑的石棉天花板。他坐起身，脱掉靴子和袜子，检查了一下脚后跟上的绷带。他走进卫生间，看了看镜子里的自己，然后脱下衬衣，检查了一下胳膊后侧。从肩头到胳膊肘都变了颜色。他走回房间，又坐到床上。他看了看搁在旁边的手枪。过了一会儿，他爬到廉价木桌上面，开始用折叠刀的刀尖往下拧通风管道格栅上的螺丝钉，并把它们一个接一个地含在嘴里。然后，他把格栅拉下来，放到桌上，踮起脚尖，往通风管道里面看了看。

他从窗前的软百叶帘上割下一段绳子，把一头绑在公文皮箱上。接着，他打开箱子，点出一千美元，对折，放进口袋里，然后把箱子合上，锁好，扣紧上面的皮扣带。

他从衣橱里拿出挂衣服用的木杆，把上面的铁丝衣架捋到地上，再次站到梳妆桌上面，把皮箱尽可能地推到通风管道的最里面。正好合适。他拿起那根木杆，又把皮箱往深处推了推，直到他刚好可以够到那根绳子。他把格栅装回原处，没去动上面那一道道的灰尘，然后拧紧螺丝钉，才爬下梳妆桌，走进卫生间，冲了个澡。从卫生间出来后，他穿着短裤躺到床上，拉过一条线毯盖住身体，也盖住身旁的自动手枪。他关上手枪的保险，然后就睡着了。

再次醒来时，天已经黑了。他把腿搭在床沿上，坐起来，听了听动静。接着，他站起身，走到窗户旁边，轻轻掀开窗帘，向外看去。黑漆漆的。寂静。什么都没有。

他穿好衣服，把关着保险的手枪塞到床垫下面，再把床罩的防尘裙放回原处，然后坐在床上，抓起电话，叫了一辆出租车。

他不得不多付给出租车司机十美元，才让人家载着他穿过大桥，来到对面的阿库尼亚城。他走在街上，朝那些商店橱窗里看去。夜色温柔和暖，狭窄的人行林荫道上，鹩哥栖息在枝头，彼此鸣叫呼应。他走进一家鞋店，看了看那些外国货——鳄鱼、鸵鸟和大象皮的——但是那些靴子的质量都比不上他脚上那双拉里·马汉。他走进一家药店，买了一盒绷带，然后在公园里坐下，把皮开肉绽的脚包扎了一下。他的短袜早已血迹斑斑了。走过街角时，一个出租车司机问他想不想去找姑娘，莫斯抬起手给那人看了看手上的戒指，继续往前走去。

他走进一家桌上铺着白色桌布、侍者穿着白色上衣的餐馆，点了一杯红酒和一份上等腰肉牛排。时间还早，餐馆里只有他一位客人。他慢慢呷着红酒，牛排上来后，他切开牛排，一边慢慢咀嚼，一边思索自己的生活。

十点钟刚过，他回到那家汽车旅馆。在引擎仍在转动的出租车里，他数出车钱，从车座上面递过去。正要准备下车，他却停了下来。手搭在门把手上，坐在车里。把我送到另一边去，他说。

司机挂上起动挡。哪一间？他说。

绕到另一边就行。我想看看里边有没有人。

车子慢慢地驶过他的房间。窗帘有一道缝，他敢肯定自己走的时候绝对不是这样。不容易看出来。但也没有那么难。出租车缓缓地开了过去。没有发现停车场上原来没有的车辆。继续开，他说。

司机从后视镜里看着他。

继续开，莫斯说。不要停。

我可不想搅进什么麻烦，老兄。

只管往前开。

我干吗不让你在这儿就下车呢，咱们没有必要争这个。

我希望你把我送到别的汽车旅馆。

咱们就到这儿吧。

莫斯俯身向前，把一张一百美元的钞票从车座上面递过去。你已经卷进麻烦了，他说。我正在帮你摆脱麻烦呢。快送我去个汽车旅馆。

司机接过钞票，塞进自己的衬衣口袋，掉转车头，驶出停车场，开上街道。

他在公路附近的华美达旅馆过了一夜，早上，他下楼去餐厅吃了早餐，读了报纸。然后，他就坐在那里。

女服务员去整理房间的时候，他们肯定不会在那个屋里。

退房时间是十一点钟。

他们可能已经找到了那些钱，带着离开了。

当然，很可能至少有两拨人在找他。不管这帮人是哪一拨，肯定还有另外一拨，而那些人可能也没有离开。

起身离开餐厅时，他意识到自己也许不得不杀人。只不过他不知道那人是谁。

他拦了一辆出租车，来到城里，走进一家体育用品商店，买了一支 .12 口径的温彻斯特霰弹枪和一盒 00 号的大型铅弹。那盒猎枪子弹的威力几乎相当于一个阔刀地雷。他让店员把枪包裹起来，然后他把它夹在腋下，沿着皮肯街向西走向一家五金商店。在那儿，他买了一把钢锯、一把扁形的打磨锉刀和一些杂七杂八的东西。一把钳子和一把侧铣刀。一把螺丝刀。手电筒。还有一卷强力胶带。

他带着这些东西在人行道上站了一会儿。然后，他转身顺着街道往回走。

还是在那家体育用品商店，他问同一个店员，是否有铝制的帐篷支杆。他试着解释说他不在乎帐篷是什么样的，他只需要帐篷支杆。

那个店员盯着他看了一会儿。不管是哪种帐篷，他说，我们都得专门预订支杆。你得告诉我制造厂商和型号。

你们卖帐篷，对吧？

我们有三种型号的。

哪种的支杆最多？

呃，我觉得应该是十英尺高的房屋式帐篷。你可以在里面站直身子。好吧，有些人可以在里面站直。帐篷的尖顶有六英尺高。

我买一个。

好的，先生。

他去储藏室里拿来帐篷，放在柜台上。帐篷装在一个橙色尼龙袋里。莫斯把猎枪和五金袋放到柜台上，解开尼龙袋的带子，把帐篷连同支杆和绳子从里面拉出来。

所有部件都在这儿，那个店员说。

我该付多少。

加上税是一百七十九块钱。

他把两张一百美元的钞票放在柜台上。帐篷支杆单独装在一个袋子里，他把它拿出来，和他买的其他东西放在一起。店员把找零和发票递给他，莫斯收起猎枪、五金用品和帐篷支杆，谢过店员，转身走了出去。帐篷不要啦？那个店员喊道。

回到房间，他打开猎枪的包裹，把枪卡在一个拉开的抽屉里，按紧它，把弹仓前面的那段枪管锯了下来。他用锉刀把锯开的口子锉平，磨光，用一块湿毛巾擦了擦枪口，放在一边。然后，他顺着一条直线把枪托锯下来，只保留了有握把的那部分，坐到床上，用锉刀打磨光滑。把猎枪弄成他想要的样子后，他举起枪，缓缓地向后移动手臂，又缓缓地向前移动，接着，他用拇指扳下击锤，侧转过枪身，仔细端详了一番。看上去挺不错。他把枪翻过来，打开那盒子弹，把涂蜡的子弹一颗颗地装进弹匣。他拉开枪膛滑盖，装入一颗子弹，放下击锤，然后又往弹匣里装了一颗子弹，把枪横着搁在大腿上。长度不足两英尺。

他往步道汽车旅馆打了个电话，告诉那个女人把那间屋子给他留着。然后，他把枪、子弹和那些工具塞到床垫下面，又出去了。

他走进沃尔玛，买了几件衣服和一个带拉链的小尼龙袋来装它们。一条牛仔裤,两件衬衣和几双短袜。下午,他沿着湖边走了很久,随身带着那个袋子,里面装着锯下来的枪管和枪托。他把那截枪管尽可能远地扔到水里,把那截枪托埋在一块页岩礁石下面。有几只野鹿正穿过荒原上的灌木丛。他听见它们打响鼻的声音,他能看见它们爬上一百码以外的山坡,站在那里回头向他这边张望。他坐在布满砾石的沙滩上,折叠起来的空袋子搁在大腿上,眺望着正在落山的太阳。眺望着原野逐渐变蓝,变冷。一只鱼鹰朝着湖面俯冲下来。随后,天色完全暗了下来。

# 4

我二十五岁就当上了这个县的警长。难以置信。我父亲不是干执法的。杰克是我的祖父。我和他同时当警长,他在普莱诺,我在这儿。我想他一定非常自豪。至少我是这样。我那时刚从战场上归来。我得了一些奖章和一些现金,当然,这些事人们也早就传开了。我竞选时很卖力。你不得不这样。但我还是想尽可能做得光明正大。杰克过去常说,中伤他人就是抹黑自己,但是,我想这种事是不会发生在他身上的。诋毁别人。我从来不介意成为他那样的人。我和我妻子结婚已经三十一年了。没有孩子。我们失去过一个女儿,但是我不想谈这个。我干了两个任期,然后我们搬到了得克萨斯的丹顿。杰克过去常说,当警长是你能找到的最好的工作之一,而前警长则是最差的之一。或许很多事情都是这样。我们安顿下来又离开,安顿下来又离开。我干过各种各样的差事。在铁路上当过一阵儿侦探。那时候,我妻子还不是那么确定我们会回到这里来。也不确定我下一步会去哪儿。可是她知道我想回来,所以我们就回来了。她是个比我好的人,我愿意跟所有人都这么承认。倒也不是说这就能说明她有多好。但她比我认识的其他任何人都好。就是这样。

人们总是以为他们知道自己想要什么,可是通常情况下他们并不知道。有时候,只要他们够幸运,愿望不管怎样都能实现。我呢,我一直都很幸运。我这辈子都很幸运。否则我现在也就不会在这儿了。我也曾陷入过困境。但是那天我看见她从科尔商贸中心走出来,穿过街道,走过我身边,我碰了碰帽子向她打招呼,换来她一个浅浅的微笑,那是我这辈子最幸运的事。

人们总是抱怨不应该遭受的坏事发生在他们身上,却很少提起那些好事。以及他们之前做过什么,才会导致这样的事情发生。我不记得自己做过那么多让上帝眷顾的事情。可他真的很眷顾我。

星期二早上天刚亮，贝尔走进咖啡馆。他拿起报纸，向屋角那张他常坐的桌子走去。坐在大桌边上的客人在他经过时，全都向他点头打招呼。女服务员给他端来咖啡，又走回厨房帮他点鸡蛋。他坐在那儿，用小勺搅拌着咖啡，尽管他喝的是黑咖啡，没有什么好搅拌的。年轻的哈斯金的照片登在奥斯汀报纸的头版上。贝尔一边看报，一边摇头。他的妻子才二十岁。你想想自己能为她做什么呢？什么也做不了。二十多年来，拉马尔从没失去过一个手下。他一定会牢牢记住这件事。人们也将因此牢牢记住他。

她把他的鸡蛋端上来，他把报纸折好，搁在旁边。

他接上温德尔，开着车一起来到沙漠空气汽车旅馆，温德尔敲门的时候，他就站在一旁。

看看那门锁，贝尔说。

温德尔拔出手枪，推开门。警察局，他喊道。

里面根本没人。

没有理由不小心。

是啊。这世界确实没有道理可言。

他们走进去，站住。温德尔本来要把手枪插回枪套，但是贝尔制止了他。咱们还是按规矩小心点吧，他说。

是，长官。

他向前走了几步，从地毯上捡起一个小铜柱，举起来。

那是什么？温德尔问。

从门锁上飞出来的锁心。

贝尔伸手在胶合板做的房间隔断上摸了摸。这儿就是它击中的地方，他说。他用手掌掂了掂那枚铜柱，又向门口看了看。称称这玩意儿，再量量距离和落点，应该能算出速度。

我想你能算得出来。

相当高的速度。

是啊，长官。相当高的速度。

他们在那些房间里穿行。你怎么想，警长？

我想他们应该是连夜走的。

我也这么觉得。

很可能是匆忙离开的。

是啊。

他走进厨房,打开冰箱,看了看里面,又关上了。他又朝冷藏箱里看了一眼。

那他是什么时候离开的,警长?

很难说。说不定咱们刚好跟他错过。

你觉得这位伙计知不知道有些人渣正在追杀他呢?

我不清楚。应该是知道。我看到的东西他也一样看到了,那些场景可是让我印象深刻。

他们两口子算是遇上大麻烦了,对吧?

是啊,确实如此。

贝尔走回起居室,在沙发上坐下。温德尔站在过道里,手上仍然紧握着他的左轮手枪。你在想什么?他问。

贝尔摇了摇头。没有抬头。


到了星期三,半个得克萨斯州都在赶往桑德森的路上。贝尔坐在咖啡馆的老位子上,读着报纸。他放下报纸,抬起头。一个他从没见过的三十来岁的男子站在他面前。他自我介绍说是《圣安东尼奥灯塔报》的记者。这究竟是怎么回事，警长？他问道。

好像是狩猎事故。

狩猎事故？

对。

怎么会是狩猎事故？你开玩笑的吧。

让我来问你几个问题。

好。

去年，提交给特勒尔县法院的重罪案件有十九起。你知道那些案子里有多少起跟毒品无关吗？

不知道。

两起。而在我这个跟特拉华州一样大的县里，到处都是需要我帮助的人。你认为我该怎么办？

不知道。

我也不知道。现在我要做的就是在这儿吃完早餐。接下来这一整天，我会忙得不可开交。

他和托波特开着托波特那辆四轮驱动的卡车出去。一切都还是他们离开时的样子。他们把车停在与莫斯的卡车有一点距离的地方，等候着。十个了，托波特说。

什么？

十个了。死者。我们把老威瑞克给忘了。十个人了。

贝尔点点头。这只是咱们知道的人数，他说。

是啊，长官。只是咱们知道的。

直升机到了，盘旋了一圈，降落时在斜坡上掀起一股沙尘。没有人下来。他们在等沙尘散去。贝尔和托波特望着螺旋桨渐渐停止了转动。

DEA（美国缉毒局）来的探员名叫麦金太尔。贝尔跟他不是很熟，也就是点头之交。他拿着一个写字夹板下了飞机，朝着他们走过来。他穿着长筒靴子，戴着帽子，身着一件卡哈特帆布夹克，只要别张嘴说话，看上去还挺像那么回事儿的。

你好，贝尔警长，他说。

你好，麦金太尔探员。

这是辆什么车？

一九七二年的福特皮卡。

麦金太尔站在那里，往斜坡下面望了望。然后，他用写字夹板在腿上轻轻拍着，望向贝尔。我就知道是这种车，他说。白色的。

是白色的。没错。

107

轮胎应该换套新的啊。

他走过去，绕着卡车走了一圈。在写字夹板上记下。又往里面看了看。他把车座掀起来，看看车座后面的小货仓。

是谁把轮胎割破的？

贝尔两只手插在屁股后面的口袋里，站在原地。他侧转身，吐了一口唾沫。副警长海斯认为是他们的对手干的。

对手。

是的，长官。

我想另外那几辆车都被打成筛子了吧？

是的。

不过这辆没有。

这辆没事。

麦金太尔朝直升机那边看了一眼，又向斜坡下面那几辆车所在的地方望去。方便搭你的车下去看看吗？

当然可以。

他们一起向托波特的车走去。探员看了看贝尔，又用写字夹板轻拍了拍自己的大腿。你并不打算帮我的忙，是吧？

拜托，麦金太尔。我只是陪你来看看。

他们在斜坡上走了一圈，看了看那几辆弹痕累累的卡车。

麦金太尔用手帕捂住鼻子。那几具裹在衣服里的尸体已经开始肿烂。这大概是我见过的最恶心的东西,他说。

他站在原地,在写字夹板上做了些记录。然后,他用步子测量了一下距离,画了一幅现场情况的草图,并把那几辆车的牌照号码抄了下来。

这里没有发现枪吗?他问。

有,但比实际应该有的要少。我们在现场只找到了两把。

你认为他们死了多久了?

四五天吧。

肯定有活口逃走了。

贝尔点点头。在北边大约一英里的地方还有一具尸体。

那辆野马车后面有海洛因撒落的痕迹。

是的。

墨西哥黑焦油。

贝尔看了看托波特。托波特侧转过身,吐了口痰。

既然那些海洛因不见了,钱也不见了,那我的看法是有人也不见了。

我看这是一个合情合理的推测。

麦金太尔继续做着记录。不用担心,他说。我知道不是你拿走的。

我不担心。

麦金太尔整整帽子，站在那儿看着那几辆卡车。别动队来过这儿吗？

他们正在路上。也可能只来一个人。应该是得克萨斯公共安全局毒品管理部门的。

我捡到几颗.380、.45、九毫米的鲁格、12号口径子弹和.38的特种子弹的弹壳。你们各位有找到别的什么吗？

我想就是这些。

麦金太尔点点头。我估计，那些等着拿毒品的人现在可能已经发现他们的货到不了了。边境巡逻队有什么发现？

据我所知，所有人都动起来了。但愿这件事能让大伙都兴奋起来。说不定会比一九六五年的那场大洪水更吸引人呢。

是啊。

我们需要把这些尸体从这儿弄走。

麦金太尔把写字夹板在腿上拍了拍。可不是嘛，他说。

九毫米的鲁格，托波特说。

贝尔点点头。别忘了把这个也写进你的报告。

在德尔里奥正西面的魔鬼河大桥上，齐格用信号接收器收到了来自高架桥对面的信号。时间临近午夜，公路上没有一辆汽车。他伸手到副驾驶座上，把信号接收器上的调谐度盘调过去又调过来，仔细倾听。

车灯照见一只大鸟栖息在前面铝制的大桥护栏上，齐格揿着按钮，放下车窗。从湖面上吹来的凉爽空气吹进车里。他拿起搁在那个盒子旁边的手枪，扳开击锤，平端着伸到窗外，枪管架在后视镜上。枪口上焊着一个消音器。消音器是用安装在发胶罐里的铜质黄气烧嘴制作的，里面填塞着屋顶保温玻璃棉，涂成哑光的黑色。就在那只鸟蹲身展翅的一瞬间，他开了枪。

那只鸟在炽白的火光中猛然张开翅膀，盘旋飞起，冲入夜幕。子弹击中大桥的护栏，弹飞入夜色之中，护栏在气流中发出沉闷的嗡嗡声，又渐渐归于寂静。齐格把手枪放到副驾上，重新关上车窗。

莫斯付了司机车费，从车上下来，站在那家汽车旅馆接待处前面的灯光里，把提包背在肩上，关上出租车的车门，然后转过身，走了进去。那个女人已经在柜台后面了。他把提包放在地板上，俯身撑在柜台上。她看上去有点不安。嗨，她说。

111

你打算继续住吗?

我还需要一个房间。

你是想换房间,还是想再加一间?

我想保留原来那间,另外再要上一间。

好吧。

你有旅馆平面图吗?

她看了看柜台下面。以前有过这种东西。请稍等。我想这个就是。

她把一沓旧折页放在柜台上。封面上有一辆五十年代的轿车停在旅馆门前。莫斯翻开折页,在台面上展平,研究了一下。

142号空着吗?

如果你想的话,可以要你原来那间房隔壁那间。120号还没人住。

不用。142号有人吗?

她伸手从身后的壁板上取下钥匙。你需要付两个晚上的房费,她说。

莫斯付了房费,拎起提包,走出接待处,转到汽车旅馆后面的通道上。那个女人从柜台上探出身来,看着他走去。

进了房间后,他坐在床上,摊开旅馆平面图。他起身走进卫生间,站到浴缸里,耳朵贴在墙壁上。不知哪个房间正开着电视机。他走回房间,坐下,拉开提包的拉链,取出猎枪,放在一旁,然后把提包里的所有东西全都倒在床上。

他拿起螺丝刀,搬来桌前的椅子,站上去,用螺丝刀起下通风管道口的格栅,下来,把格栅沾满灰尘的一面朝上放在廉价的绳绒床罩上。然后他又站回椅子上,耳朵凑近通风管道,仔细听了听。接着,他从椅子上下来,拿起手电筒,又站了上去。

在通风管道里面大约十英尺的地方是管道的拐点,他可以看见那个皮箱的底部。他关掉手电筒,站在那儿听了听。接着,他又闭上眼睛听了听。

他从椅子上下来,拿起那支猎枪,走到房门旁边,关掉电灯,然后站在黑暗中,透过窗帘的缝隙观察了一下外面的院子。接着,他走回来,把枪放在床上,打开手电筒。

他解开那个小尼龙袋,让那些帐篷支杆滑出来。那是一些分量很轻的铝管,每根三英尺长。他把三根连接起来,用透明胶带在连接处缠了几圈,以免它们脱开。接着,他走到衣橱那边,拿了三个铁丝衣架,又坐到床上,用侧铣刀剪下衣架的挂钩,再把三根铁丝缠在一起,做成一个钩子。他用胶带把钩子固定在铝管的头上,然后起身,把它伸进通风管道里。

他关掉手电筒,把它扔到床上,又走到窗户旁边,朝外面看了看。一辆卡车从外面的公路上驶过的动静。他一直等到它消失。一只猫在院子里停了停。随后又继续往前走去。

他拿着手电筒站在椅子上。他打开手电筒,灯口向上,紧贴着通风管道镀锌的金属壁面,以便减弱光束的亮度,然后,他把钩子伸到比那个皮箱更深的地方,把它转过来,往回拉。钩子挂住皮箱,带着它转了一点点,随即又滑脱了。试了几次之后,他才用钩子挂住皮箱上的扣带,他无声地向上抬着钩子,双手倒换着,把皮箱擦着灰尘从通风管道里慢慢往外拖,直到他可以放开铝杆,伸手够到皮箱。

他从椅子上下来,坐在床上,擦了擦皮箱上的灰尘,然后解开碰锁和扣带,打开皮箱,看着里面一沓沓的钞票。他取出一沓,快速点了一遍,又放回皮箱。他解下绑在皮扣带上的绳子,关掉手电筒,坐着听了听动静。随后,他站起身,举起手,把铝杆推到通风管道里面,把格栅装回原处,收起他的工具。他把房间钥匙放在桌上,把猎枪和那些工具装进尼龙袋,拎起它和皮箱就离开了,房间里的其他东西动都没动一下。

齐格开着车窗,信号接收器搁在膝盖上,顺着汽车旅馆的那排房子缓缓地向前行驶。开到院子的最里面，他掉转车头，又往回开。他放慢车速，停下，让那辆公羊装运者在沥青路面上缓缓地倒行了一段距离，再次停下。最后，他绕到接待处那边，停好车，走了进去。

接待处墙上的钟表显示时间是十二点四十二分。电视机开着，那个女人一副昏昏欲睡的样子。你好，先生，她说。要帮忙吗？

他把房门钥匙塞进衬衣口袋，走出接待处，钻进公羊装运者，开到旅馆的另一边，停好车，从车里出来，提起装着信号接收器和枪支的提包，朝他的房间走去。进了房间，他把提包丢在床上，脱掉靴子，随即又带着信号接收器、电池盒以及从那辆卡车里拿走的那支霰弹枪走出房间。那支霰弹枪是枪管为12号口径的雷明顿自动步枪，枪托是塑胶的，枪身做过磷化防锈处理。枪管头上安装着一个自制的消音器，足有一英尺长，粗细和啤酒罐差不多。他只穿着袜子踩在走廊上，走过那些房间，搜寻着信号。

他又回到他的房间，迎着从停车场那边洒来的惨白灯光，在敞开的门口站了一会儿。他走进卫生间，打开里面的电灯。他估量了一下房间的大小，看了看房间里都有些什么东西，又记住电灯开关的位置。然后，他站在房间当中，又仔细观察了一遍。他坐下来，穿上靴子，把那个压缩气罐扛在肩上，抓起连接在橡胶软管上的系簧枪，走出房门，朝着那个房间走去。

他站在门口听了听。接着，他用系簧枪冲掉锁心，一脚踹开房门。

一个穿着绿色古巴领衬衫的墨西哥人已经从床上坐起，准备伸手去抓身边的一支袖珍机枪。齐格向他连开三枪，速度之快，听上去就像一声长射，几乎将他的整个上半身都糊到了床头板和后面的墙上。霰弹枪发出一种怪异而低沉的突突声。就像有人在对着水桶咳嗽。他啪嗒一声打开电灯，旋即退回门外，后背紧贴通道上的墙壁站住。他又往房间里迅速扫了一眼。卫生间的门原先是关着的。现在已经拉开。他跨进房间，连开两枪，穿透那扇不再动的门板，另一枪则打穿了墙壁，然后再次退到门外。在那幢房子的另一头，有一盏灯亮了。齐格等了一会儿。接着，他又往房间里看了一眼。卫生间那道胶合板的门被炸成了碎片，挂在铰链上，一道细细的血流开始在卫生间粉红色的瓷砖地面上流过。

他走进房内，又开了两枪，打穿卫生间的墙壁，然后把霰弹枪平端在腰部，走进卫生间。那个人靠着浴缸瘫倒在地，手里抓着一支 AK-47。子弹打中了他的胸口和脖子,鲜血汩汩地往外流淌。不关我的事儿,老兄,他呼哧呼哧地说。不关我的事儿。齐格后退几步,以免浴缸的陶瓷碎片溅到自己身上,对着他的脸开了一枪。

他走出房间,站在通道上。没有人。他又走回房间搜查起来。他看了看衣橱,看了看床底下,把所有的抽屉都拉出来,扔在地板上。他到卫生间看了看。莫斯的 HK 自动手枪躺在洗手池里。他没去管它。他把脚在地毯上来回蹭了蹭,想蹭掉靴底上的血渍。他站在那里把整个房间扫视了一遍。最后,他的视线落在了通风管道上。

他拿起床边的台灯,猛地扯开电源线,然后爬上梳妆台,用台灯的金属底座砸破格栅,再用手把它拽下来,往里看了看。他可以看到灰尘上有拖拉过的痕迹。他从梳妆台上下来,站了一会儿。因为蹭到了墙上的血和灰尘,他脱下衬衣,回身走进卫生间,洗了洗,用一条浴巾擦干。接着,他弄湿毛巾,擦了擦靴子,又把毛巾折起来,顺着牛仔裤的裤腿擦了擦。他捡起霰弹枪,光着上身走回房间,一只手拿着揉成一团的衬衣。他又在地毯上蹭了靴底,最后环视一遍房间,离开了。

贝尔走进办公室，托波特从办公桌上抬起头看了看，然后站起身，走过来，把一份报告放在贝尔面前。

就是这个？贝尔说。

是的，长官。

贝尔靠在椅背上读起来，食指慢慢地弹着下嘴唇。不一会儿，他放下那份报告。他没有看托波特。我知道是怎么回事了，他说。

是吗。

你去过屠宰场吗？

去过，长官。我觉得去过。

要是去过，你就能明白是怎么回事了。

我应该是小时候去的。

竟然带小孩儿去那种鬼地方。

我想我是自己去的。溜进去的。

他们是怎么杀牛的？

他们有个负责敲牛脑袋的人，双腿叉开站在牲畜通道上，每次只允许通过一头，那个人则用一把大槌敲碎牛的脑门。他整天就干这个。

基本上是这样。不过，他们已经不再用这种方法杀牛了。

他们用一种会射出一只铁钉的系簧枪。可以把它射出很远。他们把那玩意儿顶在牛的两眼之间,扣动扳机,牛就倒下了。快得很。

托波特站在贝尔办公桌的桌角旁边。他等了一分钟,但是警长没再多说什么。托波特就那么站在那儿。他看了看别处。真希望你从来没有告诉过我啊,他说。

我知道,贝尔说。你开口之前,我就知道你要说什么了。

凌晨两点差一刻,莫斯到了伊格尔帕斯。路上大部分时间,他都坐在出租车的后座上睡觉,直到他们减慢速度,离开公路,沿着主街行驶的时候,他才醒来。他看着街灯苍白的灯泡从车窗上沿闪过。然后,他坐直身子。

你要过河吗?司机问。

不。把我送到市区吧。

已经到市区了。

莫斯俯身向前,胳膊肘撑在前排座位的靠背上。

那边是什么地方。

马弗里克县法院。

不是。我是问那边那个招牌。

那是伊格尔旅馆。

到那儿把我放下吧。

他付给司机五十美元,那是他们商量好的车费,提起放在路边的提包和皮箱,登上通往门廊的台阶,走了进去。接待员正好站在柜台后面,就像是早就料到他会来似的。

他付了住宿费,把钥匙装进口袋,走上楼梯,沿着老旧的旅馆走廊走去。非常安静。气窗里都没有亮光。他找到他的房间,把钥匙插进门锁,打开门,走进房内,反手关上门。街灯的光透过窗前的蕾丝窗帘洒照进来。他把提包放在床上,回身走到门旁,打开顶灯。老式的按钮式开关。世纪之交的栎木家具。棕色的墙面。一样的绳绒床罩。

他坐在床上,把事情想了一遍。他站起身,向窗外的停车场看了看,然后走进卫生间,接了一杯水,回到床边坐下。他喝了口水,把水杯放在木制床头柜上的玻璃板上。这他妈的不可能啊,他自言自语道。

他弄开皮箱上的铜碰锁和扣带,把一捆捆的钞票全都拿出来,堆在床上。掏空皮箱之后,他检查了一下,看看底部有没有夹层,还检查了箱子的背面和侧面,然后把它放在一旁,开始检查那堆钞票。他把每捆钞票都快速过了一遍,再重新码在皮箱里。差不多装到三分之一时,他发现了那个信号发送器。

那捆钞票当中夹着一沓中间被挖空的钞票,那里放着一个Zippo打火机那么大的信号发送器。他将下捆钞票的纸带,把它取出来,用手掂了一下分量。接着,他把它塞进抽屉,站起身,拿着那些被挖去一块的钞票和捆钞纸带,走进卫生间,把它们丢进马桶,放水冲掉,又走回房间。他把那捆里剩下的百元美钞折起来,装进自己的口袋,然后把剩下的钞票全部收进皮箱,放在椅子上,坐在那里看着它。他想到了很多事情,但留给他的问题是,在某种程度上,他再也不能靠运气逃亡了。

他从提包里拿出那支猎枪,放在床上,打开床头灯。他走到门旁,关掉顶灯,又走回来,摊开四肢躺在床上,双眼盯着天花板。他知道将要发生什么。他只是不知道会在什么时候。他从床上起来,走进卫生间,拉了一下洗脸池上面那盏灯的灯绳,看了看镜子里的自己。他从玻璃毛巾架上取下一块浴巾,拧开热水龙头,打湿浴巾,拧干水,抹了抹脸和脖子后面。他撒了一泡尿,关掉灯,回到房间,坐在床上。他早就意识到自己的余生很可能再也没有什么安全可言了,他不确定自己是不是已经习惯了这种生活。习惯了之后呢?

他清空提包,把猎枪放进去,拉上拉链,拿着它和那个皮箱下楼来到服务台。给他办入住手续的那个墨西哥人已经走了，换班的是另外一个接待员，又瘦又老。瘦小的白色衬衣，黑色的蝴蝶领结。正在一边抽烟一边读《拳台》杂志，他抬起头来看着莫斯，不怎么热情，在烟雾中眯着眼。你好，先生，他说。

你是刚来换班的？

是的，先生。我在这儿待到早上十点钟。

莫斯把一张百元美钞放在柜台上。接待员放下手中的杂志。

我不会要你干什么犯法的事情，莫斯说。

我在等着听您吩咐，接待员说。

有人正在找我。我想要你做的只是，要是有人来登记入住，就打电话给我。有人的意思是任何家伙。能做到吗？

夜班接待员取下叼在嘴上的香烟，伸到一个小玻璃烟灰缸上面，用小拇指轻轻弹掉香烟头上的烟灰，看着莫斯。没问题，先生，他说。我能做到。

莫斯点点头，回楼上了。

电话一直没响。但某种东西唤醒了他。他坐起来，看了看床头柜上的表。四点三十七分。他一跷腿挪到床边，伸手摸到靴子，穿上，坐着听了听动静。

他用一只手拿着猎枪，走过去，耳朵贴在门上站了一会儿。

接着，他走进卫生间，把挂在浴缸上面的环上的塑料浴帘拉上，拧开水龙头，拉起塞子，开始冲澡。然后，他把浴帘绕着浴缸拉回去，走出来，顺手带上卫生间的门。

他再次站在门后听了听。他把先前推到床底下的那个尼龙袋拽出来，放到墙角的椅子上。他走过去，打开床头柜上的台灯，站在那里凝神思索。他突然想到电话可能会响，就从听筒架上拿起听筒，放在床头柜上。他拉开被子，把枕头弄皱。他看了看表。四点四十三分。他朝放在床头柜上的电话听筒看了一眼。他把它拿起来，扯掉上面的电话线，然后把它放回听筒架上。接着，他走到门后，站住，大拇指按着猎枪的击锤。他趴下身子，耳朵贴近房门下面的缝隙。一股凉风。好像有个房间的门开了。你都做了些什么啊。还有那些你没来得及做的事。

他走到床的另一边，趴下身，钻到床底下，趴在那里，猎枪瞄着房门。木条下面的空间正好够他藏身。心脏贴着满是灰尘的地毯扑通扑通地剧烈跳动。他等待着。两条黑影把房门底下的那片光亮隔成几块，停在那里。接着，他听到钥匙插入门锁的声音。非常地轻。随即门开了。他可以看到外面的走廊。但看不到人影。他等着。他甚至不想眨眼，可他还是眨了。然后，一双昂贵的鸵鸟皮靴子出现在了门口。蹭湿的牛仔裤。那家伙就站在那儿。随后他走了进来。然后慢慢地朝卫生间走去。

这时,莫斯意识到那家伙并不是要去开卫生间的门。他会转过身来。一旦他转过身来就来不及了。来不及犯更多的错误了,什么都来不及了。他就要死了。干吧,他说。只管干吧。

别动,他说。要是你敢转身,我就一枪送你进地狱。

那家伙没有动。莫斯握紧猎枪,用胳膊肘撑着往前爬。他只能看到那家伙腰部以下,所以不知道他手里拿的是什么枪。把枪扔到地上,他说。快点。

一支霰弹枪咔嗒一声掉在地板上。莫斯赶紧爬出床底,站起身。双手举起来,他说。慢慢后退,离开门口。

那家伙后退了两步,站住,手举得与肩齐。莫斯绕到床尾。那家伙距离他最多十英尺。整个房间像是在微微颤动。空气中有股古怪的气味。像是外国的古龙水。有点药味。所有的东西都在嗡嗡地响。莫斯齐腰端着猎枪,击锤已经扳开。不会有什么意料之外的事情发生。他感到自己失去了重量。他感觉自己像是在飘浮着。那家伙甚至看都没看他一眼。他看上去异常镇静。仿佛一切都只是他的日常。

往后退。再退。

他照办了。莫斯捡起他那支霰弹枪,扔到床上。接着,他打开顶灯，关上房门。看着这边，他说。

那人转过头来，直视着莫斯。蓝眼睛。淡定。黑头发。身上散发着某种奇异的气质。莫斯从未见识过这种人。

你想要什么？

他没有回答。

莫斯走到房间另一边，一只手抓住床柱，把床移开。那个皮箱就立在那儿的灰尘里。他提起皮箱。那人好像根本不在意。像是心不在焉。

他从椅子上拿起尼龙袋，背在肩上，然后从床上拿起那支装着大个儿易拉罐似的消音器的霰弹枪，夹在腋下，又提起那个皮箱。走，他说。那人就放下双手，走到外面的走廊里。

那个装着信号接收器的盒子竖在门外的地板上。莫斯没去动它。他觉得自己冒的险已经够多的了。他像握手枪一样用一只手握着猎枪，枪口顶着那个人的腰带，顺着走廊往后退去。他让那家伙把双手伸到背后，但随即觉得他的手放在哪儿都一样。房间的门没有关，淋浴头还在流着水。

你要是敢在楼梯口探下头，我就开枪干掉你。

那家伙还是不应声。莫斯不由得想，他可能本来就是哑巴。

站住，莫斯说。一步都不许动。

他停住脚步。莫斯后退着走到楼梯,看了那人最后一眼,壁灯昏沉的黄光洒照在那人身上,紧接着,他转过身,一步两个台阶地冲下楼梯。他不知道自己要去哪里。他还没想过这么远。

在旅馆大堂,夜班接待员的双脚从柜台后面伸了出来。莫斯没有停顿,冲出前门,奔下台阶。他刚跑到街道对面,齐格就已经到了旅馆上面的阳台上。莫斯感到肩上的提包被什么东西撞了一下。手枪的射击只发出砰的一声闷响,在小城寂静的夜里显得低沉而微弱。他转过头去,正好看见第二枪发射时枪口的闪光,在十五英尺高的旅馆霓虹灯招牌散发的粉红光晕下,那道闪光虽然暗淡,但还是能够看得见。他没有感觉到疼痛。那颗子弹擦过他的衬衣,鲜血立刻顺着上臂流了下来,他立刻撒开双腿拼命狂奔。又是一枪,他感到身体一侧一阵刺痛。他摔倒在地,又爬起来,把齐格的那支霰弹枪丢在街上。他妈的,他说。真准。

他沿着人行道,龇牙咧嘴地大步跑过阿兹特克剧院。跑过圆形小售票亭时,亭子上的玻璃全都飞溅下来。他甚至都没有听到开枪的声音。他端着猎枪猛转过身,用大拇指扳开击锤,开了火。大号的铅弹咔咔地打在二楼的栏杆上,震碎了一些窗户上的玻璃。当他再转过身时，一辆轿车沿着主街开了过来，车灯照在他身上，减慢车速，紧接着又加速。他扭身跑向亚当斯街，那辆轿车侧滑过十字路口，橡胶轮胎冒着烟，停了下来。引擎熄火了，司机正在试着重新发动。莫斯转过街角，背靠在建筑的砖墙上。有两个家伙从那辆车上下来，跑着穿过街道。其中一个端着一支小口径机枪向他扫射，他举起猎枪向他们还击了两枪，然后立刻飞奔起来，热乎乎的血渗进了他的裤裆里。他听见街上那辆轿车又发动了。

他刚跑到格兰德街，身后传来一阵嘈杂的枪声。他觉得自己再也跑不动了。他在路边商店的橱窗玻璃上看到自己一瘸一拐地穿过街道，胳膊蜷在身侧，肩上挎着提包，手里提着猎枪和皮箱，黑乎乎地映在玻璃上，看起来奇怪极了。当他再次看向玻璃时，已经坐在了人行道上。快起来，你这蠢货，他说。你不能坐在这儿等死。你得他妈的站起来。

他穿过莱昂街，流到靴子里的血发出扑哧扑哧的声音。他把提包扯到前面，拉开拉链，把猎枪塞进去，再拉上拉链。他摇摇晃晃地站了一会儿，向大桥那边走去。他感到冷，浑身发抖，感觉自己随时都有可能呕吐。

在大桥的美国这边有一个收费窗口和一个道闸，他往投币孔里投了一角硬币，推开道闸，走过去，摇摇晃晃地上了大桥，向前望了望狭窄的人行道。天色刚刚破晓。河东岸的冲积平原上空一片灰暗。上帝还无意眷顾这种地方啊。

半路上，他碰上一伙从墨西哥往回走的人。他们有四个人，年轻的小伙子，也许刚满十八岁，有点喝醉了。他把皮箱放在人行道上，从口袋里掏出一沓百元钞票。上面沾着滑腻腻的血。他把钞票在裤腿上蹭了蹭，抽出五张，把剩下的塞进屁股后面的口袋。

打扰一下，他说。身体倚在钢丝网上。他留在身后人行道上的血脚印看上去就像商场里的脚印路标。

打扰一下。

那伙人离开人行道，想从车行道上绕过他。

抱歉，不知道你们谁能把外套卖给我。

他们绕过他之后才停下脚步。其中一个回过头来。你出多少？他问。

你身后那位。那个穿长大衣的。

穿大衣的小伙子和其他同伴一起站住了。

多少钱？

我出五百美元。

骗人。

走吧，布里安。

咱们走啦，布里安。这家伙喝醉了。

布里安看看同伴，又看看莫斯。把钱拿出来看看，他说。

在这儿。

让我看看。

先把大衣给我。

咱们走吧，布里安。

你先拿着这一百块，把大衣给我。然后我再把剩下的给你。

好吧。

小伙子快速脱下大衣，递过来，莫斯将钞票递给他。

上面沾的是啥玩意儿？

血。

血？

血。

他用一只手捏着钞票，站在那儿。他看了看沾在手指头上的血。你怎么了？

我中枪了。

咱们走吧，布里安。真是见鬼。

把剩下的钱给我。

莫斯把剩下的钞票递给他，然后从肩上拿下拉链提包，放到人行道上，费劲地穿上大衣。那个小伙子把钞票对折起来，装进口袋，走开了。

他赶上其他伙伴，继续往前走去。然后那伙人又停下来。他们一边交头接耳，一边回头看莫斯。他扣上大衣的扣子，把钱塞进内侧的口袋，挎上提包，拎起皮箱。你们几个只管往前走，他说。我不想说第二遍。

他们转身往前走去。但只有三个人。他用掌根揉了揉眼睛。想看看第四个到哪儿去了。随后他才意识到，根本没有第四个。好吧，他说。只管一步步地往前走吧。

走到桥下真的有河水流过的地方，他停下来，站在那儿，朝下看了看。墨西哥入境处的小屋就在前面。他回头看了看刚才走过的桥面，那三个人已经不见了。东方有一片模糊的亮光。就在县城后面低矮的黑色山丘上面。桥下的河水缓慢而暗沉。某个地方传来一声狗叫。寂静。没有别的。

大桥下面，沿着美国那边的河岸，生长着一片高大的芦苇，他把拉链提包放下，抓住皮箱的提手，先往后一摆，再用力向上抛向钢丝网外的空地。

一阵灼热的疼痛。他用手捂住身侧,望着那个皮箱在大桥路灯的模糊光亮中慢慢翻转,无声地落入芦荟丛中,不见了。随后,他的身体往下滑到人行道上,坐在血糊糊的地上,脸靠在钢丝网上。站起来,他说。该死的,快站起来。

他终于挪到了墨西哥入境处的小屋那边,那里一个人也没有。他穿过小屋,到了科阿韦拉州的彼德拉斯内格拉斯。

他沿着街道往西走到一个小公园或是广场之类的地方,椋鸟正在那里的桉树上醒来,发出鸣叫。那些树比护壁板矮的地方全都被漆成了白色,从远处看,公园里像是胡乱竖着一些白色木桩。公园中央是一个铸铁露台或音乐台。他瘫在一条铁制长凳上,提包搁在旁边,抱住自己,身子前倾。灯柱上挂着橙色的圆形灯泡。世界越来越模糊了。公园对面是一座教堂。看上去很远。椋鸟在他头顶上的树枝上叽叽喳喳,不停跳跃。天就要亮了。

他用一只手撑着长凳。一阵恶心。千万别躺下。

没有太阳。只有凌晨的灰暗光线。街上湿漉漉的。商店都关着门。铁制的护窗板。一个老人推着一把手推式扫帚走了过来。他停了停。然后又继续往前走来。

先生,莫斯说。

你好,老人说。

你会说英语吗?

他双手抓着扫帚把儿,打量着莫斯。他耸了耸肩。

我需要看医生。

老人等着他往下说。莫斯挣扎着挺直身子。长凳上沾满了血。我中枪了,他说。

老人把他上下打量了一遍,啧啧地咂了几下舌头。他往东面有曙光的地方看了看。树和建筑物的形状已经可以看清楚了。他看着莫斯,用下巴示意。能走路吗?他说。

什么?

能走路吗?他用手指做出走路的动作,手松松地从手腕垂下。

莫斯点点头。一阵眩晕向他袭来。他等了等,让它过去。

有钱吗?这个清洁工用大拇指和其他几根手指捻了捻。

有,莫斯说。有。他站起身,摇摇晃晃地站住。他从外套口袋里掏出那沓浸了血的钞票,抽出一张一百元的票子,递给老人。老人怀着极大的恭敬接过钞票。他看了看莫斯,然后把扫帚靠在了长凳上。

在奔下楼梯,走出旅馆的前门之前,齐格已经用一块毛巾缠在他的右侧大腿,再用百叶窗上的一截绳子绑好。那块毛巾已经被血浸透。他一只手拿着一个小提包,另一只手握着一把手枪。

那辆凯迪拉克轿车横着停在十字路口,街上正在发生枪战。他退到理发店的门廊里。自动步枪开火的啪啪声和猎枪沉闷的砰砰声,在那些建筑的立面上回荡。街上的那几个家伙穿着防水风衣和网球鞋。他们完全不像是你会在这个国家的这个地方遇到的人。他一瘸一拐地走上台阶,来到游廊,把手枪支在扶栏上,向那几个家伙开了火。

等到他们弄明白子弹是从哪儿打来的时,他已经射死了一个,射伤了另一个。受伤的那个家伙躲到轿车后面,向上朝着旅馆这边射击。齐格背靠砖墙站在那儿,给手枪换了一个新弹夹。子弹击碎了门上的玻璃,撕裂了窗框。大堂里的灯光熄灭了。街上还是黑乎乎的,足以让人看清楚枪口的火光。枪声停歇片刻,齐格转过身,冲进旅馆的大堂,玻璃碎片在他脚下发出碎裂的声音。他瘸着腿穿过走廊,冲下旅馆后门的台阶,到了外面的停车场。

他穿过街道,贴着建筑朝北的墙走向杰斐逊街,为了加快脚步，他向外撇着那条缠着毛巾的伤腿。所有这一切都发生在离马弗里克县法院只有一个街区的地方，他知道在别的团伙赶来之前，他最多只有几分钟的时间。

他赶到街角时，对方只剩下一个人站在街上，就在那辆轿车的后面。那辆轿车已经被子弹打得不成样子了，所有的玻璃都碎了，或是被打成了白色。车里至少有一具尸体。那个家伙正盯着旅馆那边，齐格端平手枪，朝他开了两枪，他倒在了街上。齐格退到楼房转角后面站定，枪口朝上靠在肩头，等了一会儿。清晨凉爽的空气中飘着一股浓烈的火药味。就像焰火的气味。四周一片沉寂。

齐格瘸着腿来到街上，他先前在旅馆游廊那边射伤的一个家伙正在往人行道旁爬去。齐格盯着他看了一会儿。瞄准他的后背开了一枪。另外一个家伙躺在轿车的前挡泥板旁边。他的脑袋被打穿了，暗红色的血在他周围流成了一片。他的武器丢在一旁，不过齐格没去管它。他走到那辆轿车后面，用靴子踢了踢躺在那儿的那个家伙，然后弯下身，捡起那家伙用的机枪。那是一支短枪管的乌兹冲锋枪，弹匣可装二十五发子弹。齐格搜了搜那个死人的防水风衣口袋，又找到三个弹匣，其中一个还是满的。他把弹匣塞进上衣口袋，手枪插到身前的皮带下面，检查了一下乌兹冲锋枪上弹匣里的子弹。然后，他把这支枪挎在肩上，一瘸一拐地走回人行道边上。被他射中后背的那个家伙躺在那里，望着他。齐格抬头顺着街道往旅馆和法院那边看了看。那些高大的棕榈树。他盯着那个家伙。那人躺在一片还在蔓延的血泊里。救救我，那人说。齐格从腰间拔出手枪。他盯着那人的眼睛。那人移开了视线。

看着我，齐格说。

那人看了看他，又看向别处。

会说英语吗？

会。

不要看别处。我要你看着我。

那人看着齐格，看着新的一天正在渐渐变得亮白。齐格开枪打穿他的额头，然后站在那里注视着。注视着眼球上的毛细血管逐渐绽裂。光芒渐渐退去。注视着倒映在那瞳孔中的他本人的影子在那个晕化的世界里渐渐模糊。他把手枪插到皮带下面，扭头看了看身后的街道。接着，他拎起提包，把乌兹冲锋枪背在肩上，穿过街道，一瘸一拐地向旅馆停车场走去，他的车就停在那里。

# 5

我们是从佐治亚州搬来的。我们整个家族。又是马又是车的。我对此确实知道不少。我很清楚家族历史中有很多事情都并非那么简单。任何家族。故事不断流传,真相则不断被忽略。就像常言所说。我想有人会觉得真相永远都占不了上风。但我不这么觉得。我认为,等谎言全都讲完了,被人遗忘了,真相仍旧会在那里。它不会从一个地方挪到另一个地方,也不会随着时间的变化而变化。你不可能让真相变假,就像你没法让盐更咸一样。你没法歪曲真相,因为它原本就是那样的。人们谈论的就是这个。我听到过有人把它比作石头——好像是《圣经》里——我也不是不同意。但即使石头都消失了,真相也还是在那儿。我深知,有些人不会同意这一点。相当一部分人,事实上。可是我永远也搞不明白他们到底相信什么。

人总得努力成为对自己所在社区的事务有用的人，所以我总是会参加打扫墓地之类的活动。这都没什么。女人们会在那里安排好晚餐的，当然，那也是一种竞选的手段，不过，那也是在帮大伙儿做一些他们自己做不到的事啊。所以，你尽可以对此冷嘲热讽，说我只是不想在夜间被那些死者找上门来。但是我觉得还要深刻得多。这当然是为了社区，也是对死者的尊重，然而死者对你的约束力，比起你愿意承认的，或者甚至是你能够意识到的都要强，这种约束力确实非常强。真的很强烈。你能感觉到他们绝对不会放过你的。在这个意义上，再微不足道的事情都值得去做。

我前几天不是讲过报纸上的那件事吗。上个星期，警方在加利福尼亚抓了一对夫妇，他们专门向老年人出租房屋，然后杀死他们，把他们埋在院子里，还去兑现他们的社会保障金支票。他们会先折磨那些老人，我搞不懂这是为什么。可能是因为他们的电视机被弄坏了。报纸也只好这样报道。我来念一下。它说：直到有位只戴着一只狗项圈的男人从那幢房子里跑出来，邻居们才意识到不对。这种事你根本编不出来。我敢说你连想都想不到。

但只有这样，你才会注意到。院子里所有的那些惨叫和挖掘根本引不起人们的警觉。

没错。读到这篇的时候我笑了。不然你还能做什么呢。

去敖德萨差不多有三个小时的车程,他赶到那儿时,天已经黑了。他一路上都在收听卡车司机们通过无线电聊天。这边也归他管吗?得了。鬼才知道。我想啊,要是被他逮到你在作案,那就归他管了。嗯,那我就是一个改过自新的罪犯了。你说得对,哥们儿。

他在便利店买了一份城市地图,在警车的座位上摊开,同时喝着保丽龙杯里的咖啡。他从手套箱里拿出一支黄色记号笔,在地图上画出他要走的路线,然后把地图折好,放在旁边的座位上,关掉顶灯,发动引擎。

他敲了敲房门,卢埃林的妻子应了门。她开门时,他摘下帽子,但马上就后悔这么做了。她用一只手捂住嘴,伸出另一只手去扶门框。

我很抱歉，夫人，他说。他现在没事。你丈夫没事。我只是想，能不能跟你谈谈。

你不是在骗我吧？

不是的，夫人。我没骗你。

你是从桑德森开车过来的？

是的，夫人。

你想干什么。

我只是想来看看你。跟你谈谈你丈夫。

好，你不能进来。你会把妈妈吓死的。我去穿外套。

好的，夫人。

他们开车来到阳光咖啡馆，坐在后边的一个小隔间里，点了咖啡。

你不知道他在哪儿，是吧。

是的，我不知道。我告诉过你了。

我知道你说过。

他摘下帽子，放在旁边，用手把头发捋了捋。你没有他的消息？

是的，没有。

没有。

完全没有。

女服务员端来两杯咖啡，盛在很重的白瓷马克杯里。贝尔用小勺搅了搅他那杯。他举起小勺，看着冒着热气的银制勺头。他给了你多少钱？

她没有回答。贝尔微微一笑。你想从哪儿说起？他说。你可以说出来。

我想从这关你什么事说起，行不行。

不如你就当我不是警长吧。

那当你是干啥的？

你知道他惹上了麻烦。

卢埃林啥都没干。

他惹到的不是我。

那他惹谁了？

一些非常坏的家伙。

卢埃林能照顾好自己。

你介意我叫你卡拉吗？

我叫卡拉·琼。

卡拉·琼。没错吧？

没错。不介意我继续叫你警长吧？

贝尔笑了笑。不介意，他说。这样挺好。

好吧。

这些坏人会杀了他的，卡拉·琼。他们是不会善罢甘休的。

他也不会。他从不放弃。

贝尔点点头。他呷了一口咖啡。他的脸在杯子里的黑色液体上褶皱、晃动，仿佛预示着有什么事情要发生。事物会变形。把你也卷进去。他放下杯子，望着这个姑娘。我当然也希望能跟你说他好着呢。但是我不得不说我并不这么认为。

好吧，她说，他就是那样的人，他一直都是那样的。我就是因为这点才嫁给了他。

可是你已经有阵子没有他的消息了。

我并不期望得到他的消息。

你们俩是出了什么问题吗？

我们之间没有问题。要是有的话，我们会解决的。

哦，你们很幸福啊。

是的，我们很幸福。

她看着他。你为什么要问我这些？她说。

关于有没有问题？

关于有没有问题。

我只是想知道你们到底有没有。

是不是出了什么事，你知道，而我还不知道？

没有。我也想问你同样的问题。

除非我不想告诉你。

当然。

你认为他抛弃了我，是吗。

我不知道。他抛弃你了吗？

没有。他不会的。我了解他。

你曾经了解过他。

我现在也了解他。他是不会变的。

也许吧。

不过你并不相信。

好吧，坦白地讲，我从来不认识、也没听说过有什么人是金钱改变不了的。我得说，他可能是第一个。

嗯，那他就是第一个。

但愿是真的。

你真的这么希望吗，警长？

是呀，我希望。

他没犯什么罪吧？

没有。他没犯什么罪。

但这并不意味着他之后也不会。

对。是这样。只要他活的时间够长。

嗯。至少他还没死。

但愿这样想能让你比我更觉得安慰。

他呷了一口咖啡，把马克杯放在桌上。他看着她。他需要把那些钱还回来，他说。他们会把消息登在报纸上。这样一来，那些人也许就会放过他。我不能保证他们肯定会。但是的确有可能。这是他唯一的机会。

不管怎么样，你都可以把它登在报纸上。

贝尔打量着她。不，他说。我不能。

不如说是不想。

也不想。那些钱一共有多少？

我不知道你在说什么。

好吧。

你介意我抽烟吗？她问。

我想咱们还是在美国吧。

她取出一支香烟，点燃，扭头把烟吐到屋子里。贝尔观察着她。你觉得这件事最后会怎么样？他说。

不知道。我不知道最后会怎么样。你呢？

我只知道它不会是怎样的。

比如说，幸福地生活下去。

诸如此类吧。

卢埃林很聪明。

贝尔点点头。我想我要说的是，你应该多担心担心他。

她深深地吸了一口烟，打量着贝尔。警长，她说，我觉得自己可能已经够担心的了。

他最后会杀人的。你想过这点吗？

他从没杀过人。

他参加过越战。

我是说作为一个公民。

他会的。

她没有应声。

你想再来点咖啡吗？

我喝够咖啡了。我不想再喝了。

她移开视线，往咖啡馆里看了看。桌子都空着。值夜班的收银员是个十八岁左右的男孩，他在玻璃柜台后面，俯身读着一本杂志。我妈妈得了癌症，她说。她活不了多久了。

我对此深表遗憾。

我叫她妈妈。但实际上她是我的祖母。是她把我抚养成人的。有她，我觉得很幸运。好吧。不只是幸运而已。

是的，夫人。

她一直都不怎么喜欢卢埃林。我不知道是为什么。没什么特别的原因。他倒是一直对她很好。我本以为确诊之后她会变得容易相处一些，但是没有。她的脾气变得更坏了。

你怎么会跟她生活在一起？

我没有跟她生活在一起。我还没那么糊涂。这只是暂时的。

贝尔点点头。

我得回去了，她说。

好吧。你有枪吗？

当然。我有枪。我看，你以为我待在这儿就是个诱饵吧。

我不知道。

可你就是这么想的。

我只是觉得你现在的处境不是很安全。

是啊。

我真的希望你能跟他谈谈。

我需要好好想想。

147

好吧。

我宁可死掉，永远待在地狱里，也不会告发卢埃林的。希望你能理解这点。

我理解。

我从来不知道这种事情能有什么捷径。我希望我永远不要知道。

是啊，夫人。

要是你想听，我可以告诉你一些事情。

我想听。

你可能认为我有点怪。

也许吧。

或者你有别的什么看法。

不，我没有。

我高中辍学的时候，还只有十六岁，我在沃尔玛找了一份工作。我不知道除了这个还能做什么。我们需要钱。尽管那点钱是那么地少。不管怎么说，上班之前的那个晚上，我做了这样一个梦。或者说它就像一个梦。我想当时是在半梦半醒之间。但是在这个梦里或者随便它是什么吧，我知道，只要我去了那儿，他就会找到我。我不知道他是谁，也不知道他叫什么名字，长什么样。我只知道,看见他的时候,我一定能认出来。我有一本日历,每天都做记号。就像人在监狱里那样。我是说,我从没去过监狱,可是像你这样的人也许会的。第九十九天,他走了进来,问我体育用品放在哪儿,就是他了。我告诉他在哪儿,他看了看我,往前走去。不久,他又走回来,看了看我的姓名牌,叫了我的名字,他看着我说:你什么时候下班?事情就是这样。[1] 我心里从来没有怀疑过。当时没有,现在没有,将来也不会。

真是个美好的故事,贝尔说。希望它有一个美好的结局。

实际情况真的就是这样。

我知道。很感谢你对我讲这些。我想最好还是不要打扰你了,已经很晚了。

她把烟蒂踩灭。好吧,她说。很抱歉这么远让你白跑一趟。

贝尔拿起帽子,戴上,正了正。没关系,他说。你已经尽力了。有时候,事情会好转的。

你真的很在意吗?

在意你丈夫?

---

[1] And that was all she wrote. 美国俚语,美军士兵在前线收到女友的分手信时对战友说"她就写了这些",后引申为"就是这样,没别的了"。

在意我丈夫。没错。

是的,夫人。我真的在意。特勒尔县的人们雇用我来照管他们。这是我的工作。我拿了薪水,就得准备做第一个受伤害的人。也就是被杀害。我最好在意。

你想让我相信你说的话。不过,这只是你的一面之词。

贝尔笑了笑。是啊,夫人,他说。这只是我的一面之词。我只是希望你能好好想想我说过的话。关于他的困境,没有一个字是我编造的。如果他遇害了,我就得一辈子活在这件事的阴影里。不过我能承受。我只是想请你想想,你能吗。

好吧。

我能问你一个问题吗?

可以。

我知道不该问一个女人的年龄,可我还是禁不住有些好奇。

没关系。我十九岁了。只是看上去要年轻一些。

你们结婚有多长时间了?

三年了。差不多三年了。

贝尔点点头。我妻子跟我结婚的时候是十八岁。刚过十八岁。跟她结婚弥补了我做过的所有蠢事。我甚至觉得还有的剩。我觉得我在这件事上可真是赚了。你准备好了吗?

她拿着手包,站起身。贝尔拿起账单,又正了正帽子,从小隔间里慢慢地站起来。她把香烟装进手包,看着贝尔。我得告诉你,警长。十九岁的人已经明白一个道理,如果你得到了某种对你来说意味着全世界的东西,就更有可能会失去它。这个道理,十六岁的人也一样明白。我是这么想的。

贝尔点点头。我对这些想法并不陌生,卡拉·琼。它们对我来说很熟悉。


电话响起来的时候,他正在床上睡觉,外面基本上还是黑漆漆的。他看了看床头柜上那个有夜光表盘的老式钟表,伸手拿起话筒。警长贝尔,他说。

他听了大约两分钟,然后说:谢谢你打电话给我。是的。这完全是一场战争,就是这样。我不知道除了这个还能管它叫什么。

早上九点十五分,他把车停到了伊格尔帕斯警长办公室的前面,他和那位警长坐在办公室里,边喝咖啡,边看三个小时之前在两个街区之外的那条街上拍下的现场照片。

有时候我真是赞成把这块破地方整个儿都还给他们,那位警长说。

我明白你的意思，贝尔说。

尸体横在街上。市民的商店被子弹打得稀烂。还有人们的汽车。谁听说过这种事啊？

咱们能去那边看看吗？

可以。当然可以。

那条街仍然被绳子隔离着，但已经没什么可看的了。伊格尔旅馆的门脸上到处是弹痕，街两旁的人行道上全是碎玻璃片。汽车的轮胎和窗玻璃上弹痕累累，金属车身也被打出了许多小洞，弹孔周围卷起一圈裸露的钢齿。那辆凯迪拉克被拖走了，街上的碎玻璃被清扫了，血迹也已经用水龙带冲洗过了。

你觉得住在这家旅馆里的是什么人？

墨西哥毒贩。

那位警长站在那儿抽烟。贝尔沿着街道走了一段路，站住。他回到人行道上，靴子咯吱咯吱地踩在碎玻璃上。那位警长把烟头弹到街面上。沿着亚当斯街往北走上半个街区，你会看到一溜血迹。

往边境跑了我看是。

要是他还有点脑子的话。我想，轿车里的那些家伙遭到了两股袭击。看样子，他们是一边朝着旅馆开枪，一边回头朝着那边的街道开枪。

你说他们干吗把车停在十字路口中间呢？

我一点思路都没有，埃德·汤姆。

他们向旅馆那边走去。

你们都捡到了些什么型号的弹壳？

大部分是九毫米的，还有一些猎枪弹壳和几个.380的。我们还捡到一支霰弹枪和两挺机枪。

全自动的？

当然。不然呢？

是啊。

他们走上旅馆台阶。门廊上满是被子弹击碎的玻璃和木片。

夜班接待员被杀死了。可能是一个人能遇上的最倒霉的事了吧，我想。被一颗流弹击中。

他被打中了哪儿？

两只眼睛正中间。

他们走进大堂，站住。有人往柜台后面的地毯上扔了两块毛巾，好盖住上面的血迹，但血已经洇透了毛巾。他不是被子弹打死的，贝尔说。

谁不是被子弹打死的。

那个夜班接待员。

他不是被子弹打死的？

不是，先生。

你为什么会这么说？

等你拿到尸检报告就明白了。

你究竟在说什么，埃德·汤姆？难不成他们是用百得电钻把他的脑门儿钻开的？

差不了多少。你好好琢磨一下吧。

开车返回桑德森的时候下起了雪。他到县法院处理了一些文件，在天黑之前离开了。他把车停到房子后面的车道上时，妻子正透过厨房的窗户向外张望。她冲着他笑了笑。从天而降的雪花在温暖的黄色灯光里飘舞，飞旋。

他们坐在小餐厅里，吃着晚饭。她放着音乐，一支小提琴协奏曲。电话没有响。

你把电话听筒拿开了？

没有，她说。

那肯定是电话线断了。

她笑了笑。我想，都是因为下雪。我觉得它能让人们停下来去思考。

贝尔点点头。那我倒希望来一场暴风雪。

你还记得这里上一次下雪是什么时候吗?

不记得,我真是想不起来了。你呢?

是的,我记得。

那是什么时候。

你会想起来的。

哦。

她笑了笑。他们继续吃饭。

真不错,贝尔说。

什么不错?

音乐。晚餐。待在家里。

你觉得她说的是实话吗?

我看是。是吧。

你觉得那个小伙子还活着吗?

不知道。但愿他还活着。

你可能再也听不到关于他的消息了。

有可能。不过,这件事不会就这么结束的,不是吗?

是的,我看它不会。

你不能指望他们总是这么杀来杀去。我倒是觉得迟早会有个联盟接管这种事，他们最后就只需和墨西哥政府打交道了。这里面涉及太多太多的钱。他们会把这些乡巴佬排挤出去的。当然，这种状况也持续不了太久。

你觉得他拿走了多少钱？

莫斯那小子？

对。

很难说。可能有上百万吧。嗯，也不会有好几百万。他是徒步带走那些钱的。

你要喝咖啡吗？

好的，我要一点。

她起身走到餐具柜那里，拔下过滤式咖啡壶的电插头，拿到餐桌前，给他斟上一杯，然后又坐下。千万别在哪天晚上死着回到家里，她说。我可受不了这种事。

那我最好还是别干了。

你觉得他还会跟她联系吗？

贝尔搅着咖啡。他坐在那儿，把冒着热气的小勺举在杯子上面，然后放在垫盘上。不知道，他说。我只知道，要是他不联系，那他肯定是个笨蛋。

那间办公室在十七楼,可以俯瞰休斯顿的地平线、通往航道的开阔低地以及远处的河口。银灰色的液化气罐聚集的地方。煤气燃烧的火焰,在天空的衬托下显得黯淡。韦尔斯出现时,那个男人让他进来,带上门。他甚至没有转过身来。他可以从窗玻璃上看到韦尔斯。韦尔斯关上房门,站住,手腕交叠着放在身前。丧葬承办人的那种站姿。

那个男人终于转过身来,看着他。你见过安东·齐格本人,对吧?

是的,先生,没错。

你最后一次见他是什么时候?

去年的十一月二十八号。

你怎么正好记得这个日子?

我不是正好记得这个日子。我擅长记日期。还有号码。

那个男人点点头。他就站在他的办公桌后面。办公桌是用锃亮的不锈钢和胡桃木做的,上面什么东西也没有。没有照片,也没有纸张。什么都没有。

我们这儿出了一门没有固定住的大炮[1]。我们丢了一批货,还有一大笔钱也不见了。

没错,先生。我知道这事儿。

你知道这事儿。

是的,先生。

很好。我很高兴你已经注意到了。

没错,先生。我注意到了。

那个男人打开办公桌的一只抽屉,拿出一个铁盒子,打开上面的锁,取出一张卡,然后又合上铁盒,锁好,重新放回抽屉。他用两个手指夹着那张卡,举起来,看着韦尔斯,韦尔斯走上前,接过来。

要是我没记错,你的开销一直是自理的。

没错,先生。

---

[1] Loose cannon,原意为"没有固定住的大炮",指的是我行我素、无法控制、爱惹麻烦的人。

这个户头每二十四小时的支取限额是一千两百美元。之前是一千美元。

好的,先生。

你对齐格了解吗。

足够了解了。

这不能算是一个回答。

你想知道什么?

那个男人用指关节轻轻地敲了几下办公桌。他抬起头。我只是想知道你对他的看法。大概印象。无敌的齐格先生。

没有谁是无敌的。

有的人就是。

你为什么这么说?

世界上总有最无敌的人。就像总有最不堪一击的人。

这算是你的信条吗?

不。这叫统计学。他到底有多危险?

韦尔斯耸了耸肩。和什么比,黑死病吗?他危险到你要请我出马。他是一个变态杀手,但那又怎么样?街上这种人多了去了。

他昨天在伊格尔帕斯卷入了一场枪战。

一场枪战?

一场枪战。街上死了很多人。你不看报纸。

是的,先生,我不看。

他盯着韦尔斯看。你的生活挺惬意的,是吧,韦尔斯先生?

老实讲,我真不敢说我的生活有什么惬意可言。

好吧,那个男人说。还有呢。

我觉得就是这样了。那些家伙是巴勃罗[1]的人吗?

对。

你肯定。

没到你想的那个份儿上。不过在很大程度上可以肯定。他们不是我们的人。他在两天前还杀了两个人,那两个倒正好是我们的人。再往前几天那场混战中死掉的三个也是。对吧?

对的。我想这就够了。

祝你狩猎顺利,按照咱们过去的说法。从前。很久以前。

谢啦,先生。我能问你点事儿吗?

当然。

我不能再乘那架电梯上来了,是吗?

---

[1] Pablo Acosta Villarreal,哥伦比亚大毒枭,下文中的"阿科斯塔"指的也是他。

只是不能来这层。怎么了？

我只是感兴趣。安全起见。总是感兴趣。

电梯每次运行之后就会自动重新编码。是随机生成的五位数字。不会印在什么纸上。我拨一个电话号码，它会自动把新密码读出来。我把密码告诉你，你照着输入。这样算不算回答了你的问题？

真棒啊。

当然。

我在街上数了数这栋大楼的楼层。

然后呢？

有一层不见了。

我会好好调查的。

韦尔斯笑了笑。

你自己能出去吗？那个男人说。

能。

好。

还有一件事。

什么事？

我想知道，您能不能帮我确认一下停车费。

那个男人微微点点头。我想你这是在开玩笑吧。

抱歉。

祝你好运,韦尔斯先生。

谢啦。

韦尔斯来到那家旅馆时,那些塑料警戒带已经被撤走,大堂里的玻璃和木片也已经被清扫干净,重新开始营业了。房门和两扇窗户都钉上了胶合板,一个新来的接待员站在那个老接待员曾经站过的柜台旁边。你好,先生,他说。

我需要一个房间,韦尔斯说。

好的,先生。你一个人吗?

是的。

要住几个晚上。

也许就一晚。

接待员把登记簿推给韦尔斯,扭过头去看挂在壁板上的房门钥匙。韦尔斯填好入住登记表。我知道你已经被人们问烦了,他说,但是你们旅馆出什么事儿了?

我不能谈论这件事。

没关系。

接待员把钥匙放在柜台上。现金还是信用卡?

现金。多少钱?

十四元,外加税。

多少钱。总共。

什么?

我是说,总共多少钱。你得告诉我是多少钱。给我一个数。加在一起。

好的,先生。总共是十四元七角。

事情发生的时候你都在这儿吗?

不在,先生。我昨天才来这儿工作的。这是我干的第二班。

那你还有什么不能说的?

先生?

你什么时候下班?

先生?

我换个问法吧。你这一班要干到什么时候。

接待员又高又瘦,可能是墨西哥人,也可能不是。他快速扫了一眼旅馆大堂。好像那里有什么人能帮他一把似的。我傍晚六点钟才来上班,他说。这一班要干到凌晨两点。

谁在凌晨两点钟来接班。

163

我不知道他叫什么。他是值白班的。

前天晚上他不在这儿。

不在,先生。他是值白班的。

那个前天晚上值班的,他现在在哪儿?

他已经不在了。

你这儿有昨天的报纸吗?

他往后退了退,看了看柜台下面。没有,先生,他说。我想他们把报纸扔掉了。

没关系。给我送两个妓女、一瓶威士忌和冰块上来。

什么?

我只是跟你开个玩笑。你需要放松。那些家伙不会再来了。我敢打包票。

好的,先生。千万不要再来了。我都不想干这活了。

韦尔斯笑了笑,用纤维板钥匙扣轻敲了两下柜台的大理石台面,然后就上了楼。

他吃惊地发现那两个房间仍然被黄色警戒带围着。他一直走到他自己的房间,把提包放在椅子上,取出他的盥洗包,走进卫生间,打开电灯。他刷了牙,洗了脸,走回房间里,摊开四肢躺在床上。没过一会儿,他又从床上起来,走到椅子跟前,把提包横转过来，拉开底部一个夹层的拉链，取出一个绒面革手枪套。他拉开手枪套上的拉链，抽出一把.357口径的不锈钢左轮手枪，然后又回到床上，脱掉靴子，手枪搁在身边，再次摊开四肢躺下。

他醒来时，天色已经擦黑。他起身走到窗户跟前，拉开陈旧的蕾丝窗帘。街灯已经亮了。长礁状的暗红色云堆在西边渐渐转暗的地平线上空翻涌。屋顶映衬在低矮污浊的天际。他把手枪插进腰带，从裤腰里拉出衬衣下摆，遮住手枪，脚上只穿着短袜走出房门，沿着过道走去。

他用了大约十五秒钟就进了莫斯那个房间，他反手关上房门，没有碰到黄色警戒带。他靠在门上，闻了闻房间里的味道。然后，他就站在那儿，打量了一圈房间里的东西。

他先是小心翼翼地从地毯上走过。他发现了那张床被移动过的地方留下的凹痕，把床向外挪了挪。他跪下来，吹了吹那里的灰尘，研究了一下地毯上的绒线。他站起身，拿起床上的枕头，闻了闻，又放回原处。他没管那张斜着的床，走到衣橱跟前，拉开橱门，看了看里面，又关上了。

他走进卫生间，用食指绕着水槽抹了一圈。有一条浴巾和一条擦手巾被人用过，但是肥皂没有。他用手指蹭了蹭浴缸的边缘,然后沿着裤缝擦了擦手。他坐在浴缸的边沿,脚轻轻地敲打着地板砖。

另一个房间是227号。他走进去,关上门,转身站住。那张床没睡过人。卫生间的门开着。一条染血的毛巾丢在地板上。

他走过去,把卫生间的门向后开到最大。水槽里有一条沾满血渍的浴巾。另一条毛巾不见了。一些血手印。浴帘的边上也有一个血手印。我真希望你没有爬到什么洞里,他说。我还是挺想拿到这笔酬金的。

清晨的第一缕阳光刚刚洒下,他就出了门,一边在街上走,一边在脑子里记录看到的情况。人行道已经用水管冲洗过,但是在莫斯中弹的那段混凝土上,仍然可以看到血迹。他走回主街,又开始了。街边排水沟和人行道上的玻璃碎片。有的是窗玻璃的,有的是街头汽车上的。那些被子弹打破的窗户都被钉上了胶合板,但依然可以看到砖墙上密布的凹陷,或是从旅馆那边射过来的泪滴状弹痕。他回到那家旅馆,坐在台阶上,望着街道。太阳正在升到阿兹特克剧院上空。二楼有样东西吸引了他的注意。他站起身,走下台阶,穿过街道,爬上楼梯。窗玻璃上有两个弹孔。他敲了敲房门,等了一会儿。接着,他打开房门,径直走了进去。

屋子里一片漆黑。有股淡淡的腐烂气息。他站在那里，直到眼睛适应了屋里的昏暗。一间会客室。靠里面的墙边，摆着一架自动钢琴或者小管风琴之类的乐器。一个衣橱。窗户旁边是一把摇椅，一个老妇人瘫坐在上面。

韦尔斯站在那个老妇人面前，居高临下地打量着她。她的脑门被子弹打穿了，向前歪着身子，部分后颅骨和一大坨干结的脑浆粘在摇椅的板条靠背上。她的大腿上摊着一张报纸，身上穿着一件棉袍，上面干涸的血迹已经变黑了。房间里很冷。韦尔斯环顾了一下房间。另一枪打在了她身后墙上的一本挂历上，上面的日期显示事情已经过去三天了。你没法不注意到这些。他又观察了一下房间里的其他东西。他从上衣口袋里掏出一个微型相机，给那个死去的老妇人拍了两张照片，又把相机装回口袋。你根本想不到会这样吧，亲爱的？他对她说。

莫斯在一间病房里醒来，和左边那张床之间挂着一张布单。隔着布单可以看到一些人影在动。用西班牙语说话的声音。街上隐隐约约的噪音。一辆摩托车。一条狗。他躺在枕头上，转过头来，正好撞上了一个男人的目光，那人坐在一把靠墙的金属椅子上，手里捧着一束鲜花。感觉怎么样？那人问。

我觉得好多了。你是谁？

我叫卡森·韦尔斯。

你是谁？

我想你应该知道我是谁。我给你带了些鲜花。

莫斯转过头去，躺在那里，盯着天花板。这儿有几个你们的人？

好吧，我敢说现在需要你操心的只有一个。

你？

是的。

去旅馆的那个家伙呢。

咱们可以聊聊他。

那就聊吧。

我可以把他弄走。

我自己就能做到。

我可不这么觉得。

你爱怎么想就怎么想呗。

要是阿科斯塔的人没在那会儿冒出来，我看啊，你可没法那么顺利逃脱。

我没有顺利逃脱。

不，你有。你逃得特别顺利。

莫斯转过头来，又看着那人。你在这儿待了多久了？

差不多一个小时吧。

就这么坐着。

对。

你没什么事可做，是吗？

我喜欢每次只做一件事，如果你指的是这个的话。

你坐在那儿就跟个傻子似的。

韦尔斯笑了笑。

你干吗不把那些该死的花放下。

没问题。

他站起身，把那束花放在床头柜上，然后又坐回椅子上。

你知道两公分是什么意思吗？

当然。一段长度。

大约是四分之三英寸。

没错。

这是那颗子弹距离你肝脏的距离。

医生告诉你的？

对。你知道肝脏有什么用吗？

不知道。

它能让你活下去。知道开枪打中你的那个人是谁吗？

也许打中我的不是他。说不定是那些墨西哥人当中的一个。

你知道那个人是谁吗？

不知道。我应该知道吗？

因为他是那种你绝对不想认识的人。他碰上的人一般都活不了多久。实际上，没有一个还活着。

好吧，那他可真了不起。

你没在听。你得认真听着。这家伙是不会停止追杀你的。就算他拿回了那些钱。对他来说没有任何区别。即使你去找他，把钱交给他，他还是会弄死你。就因为你给他添了麻烦。

我想我不只是给他添了麻烦。

什么意思。

我觉得我打中了他。

你怎么会这么觉得？

我把00号的铅弹全都射向他了。我可不信他能有多好受。

韦尔斯往椅子后面靠了靠。观察着莫斯。你认为你杀了他？

不知道。

因为你没有。他从旅馆出来，走到街上，把那些墨西哥人全干掉了，然后又走回那家旅馆。就像你出门买了一份报纸或别的什么一样。

他没有干掉那些家伙当中的任何一个。

他把留在现场的那些人全干掉了。

你是说他没有中弹？

不知道。

你的意思是干吗告诉我。

你可以这么想。

他跟你是一伙的？

不是。

我还以为他是你的同伙呢。

不，你没这么以为。你怎么知道他不是正在去敖德萨的路上呢？

他干吗要去敖德萨？

去杀你老婆啊。

莫斯没有应声。他躺在粗糙的亚麻床单上，望着天花板。他感觉很痛，越来越厉害。你根本不知道自己在胡扯什么，他说。

我给你带了几张照片。

他起身，把两张照片放在床上，又坐了回去。莫斯瞥了一眼照片。给我看这个干吗？他说。

这是我今天早上拍的。这个老妇人住在你开枪射中的一幢房子二层的公寓里。尸体还在那儿呢。

你真是满嘴胡扯。

韦尔斯盯着他。他转过头去，望着窗外。你跟这件事一点关系都没有，是吗？

当然。

你只是碰巧发现了那些车。

我不知道你在说什么。

你没有拿走那些货，是吧？

什么货。

海洛因。你没拿。

没有。我没拿。

韦尔斯点点头，像是在思考。也许我该问问你打算怎么办。

也许是我该问问你。

我不打算做什么。我也没必要。你会来找我的。或早或晚。你没有选择。我会把我的号码留给你。

你怎么知道我不会消失呢？

你知道我找到你用了多长时间吗？

不知道。

三个来小时。

你下回就没那么幸运了。

对,有可能。但对你来说恐怕不是什么好消息。

我想你跟他共事过吧。

谁?

那个家伙。

是。共过事。就一次。

他叫什么。

齐格。

奇哥。

齐格。安东·齐格。

你怎么知道我不会直接跟他做个交易呢?

韦尔斯坐在那把椅子上,倾身向前,双臂放在膝盖上,十指交叉。他摇了摇头。你没有认真听,他说。

也许我只是不相信你说的话。

对,你肯定不信。

说不定我会干掉他的。

你是不是疼得要命?

有点。没错。

你准是疼得要命。这让你很难好好思考问题。我去把护士叫来吧。

用不着你假好心。

好吧。

他是个什么样的人,坏透了的那种吗?

我想我是不会这样形容他的。

你会怎么形容。

韦尔斯想了想。我想我得说他没什么幽默感。

那又没犯罪。

关键不在这儿。我只是想让你明白一些事而已。

你说吧。

你没法跟他做什么交易。我再说一遍。就算你把那些钱交给他,他还是会杀你。在这个星球上,就连跟他说过两句话的人都没有一个活下来。他们全都死了。这也没什么好奇怪的。他就是个怪人。你甚至可以说他很有原则。超越金钱、毒品或其他这类东西的原则。

那你为什么还要跟我聊他。

是你问的啊。

你为什么会告诉我。

我想是因为，我觉得如果能让你明白你现在的处境，会让我的工作变得更容易一些。我对你没什么了解。可我知道你天生不是干这种事的料。你觉得你自己是。可你并不是。

咱们会看到的，不是吗？

咱俩当中的一个会看到。那些钱你是怎么处理的？

我把两百来万花在了妓女和威士忌上，剩下的随便花掉了。

韦尔斯微微一笑。他向后靠到椅背上，两腿交叉。他穿着一双昂贵的卢凯塞鳄鱼皮靴。你知道他是怎么找到你的？

莫斯没有回答。

你想过这件事吧？

我知道他是怎么找到我的。但他再也不会找到我了。

韦尔斯笑了。干得不错，他说。

没错。我干得不错。

床头柜上的塑料托盘里有一壶水。莫斯随便瞥了它一眼。

你想喝水？韦尔斯说。

要是我想跟你要什么东西，你这混蛋会第一个知道的。

那玩意儿叫信号接收器，韦尔斯说。

我知道它叫什么。

他要找到你可不是只有这一种办法。

当然。

我可以告诉你一些对你有用的事。

算了吧，还是那句话。用不着你假好心。

你一点都不好奇我为什么想告诉你吗？

我知道为什么。

为什么？

比起那个叫奇哥的家伙，你更愿跟我做交易。

对。我给你弄点水吧。

去死吧你。

韦尔斯双腿交叉，一声不吭地坐在那儿。莫斯看了看他。你以为可以拿这个家伙来吓唬我。你都不知道自己在胡扯些什么。我可以把你跟他一起干掉，如果这就是你想要的。

韦尔斯笑了笑，微微耸了耸肩。他低头看了看自己的靴子尖，分开双腿，把靴子尖挪到牛仔裤后面，蹭掉上面的灰尘，然后又把两腿交叉起来。你是干什么的？他说。

什么？

你是干什么的？

我已经不干了。

之前是干什么的？

我是焊工。

氧乙炔焊？熔化极惰性气体保护电弧焊？非熔化极惰性气体保护电弧焊？

都干。只要是能焊的，我都能干。

铸铁呢？

可以。

我不是说铜焊。

我没有说铜焊。

制锅铸铁呢？

我刚说什么来着？

你参加过越战吗？

当然。我参加过。

我也是。

那又怎么样？就成好哥们儿了？

我当时是在特种部队。

认错人了吧你，你觉得我是那种会在乎你加入过什么部队的人吗。

我当过陆军中校。

放屁。

我不这么想。

那你现在是干啥的。

找人。算账。诸如此类吧。

你是职业杀手。

韦尔斯笑了笑。职业杀手。

随便你怎么称呼。

我打交道的那些人喜欢保持低调。他们不喜欢卷入那些引人注目的事情。他们不喜欢报纸上登的事情。

我相信。

这件事还没完。即使你够幸运，干掉了一两个人——这也不太可能——他们还会派别的人来。什么也不会改变。他们还是会找到你。你也无处可去。你还会惹上别的麻烦，还有那些没拿到这批货的人呢。想想看他们会找谁呢？更不用说那些DEA的人和各种各样别的执法机构的人了。每个人的名单上都有着同一个名字。而且是唯一的名字。你得给我一点好处。毕竟我没什么理由非得保护你。

你是不是怕那个家伙？

韦尔斯耸了耸肩。我更愿称之为谨慎。

你没有提到贝尔。

贝尔。是吗?

我想你肯定没把他当回事儿。

我根本没想到他。他只不过是一个乡巴佬县的乡巴佬镇上的红脖子警长而已。在一个乡巴佬州。我把护士叫来吧。你看起来不是特别舒服。这是我的电话号码。我希望你好好想想。咱们谈的这些。

他站起身,把一张名片挨着那束鲜花放在桌上。他看了看莫斯。你以为你不会给我打电话,但是你肯定会的。只是别拖太长时间。那笔钱属于我的委托人。齐格可是一个亡命之徒。留给你的时间真的不多。我们甚至可以让你留下一些钱。但要是我只能去跟齐格要这笔钱,那对你来说就啥也来不及了。更不用说你老婆了。

莫斯没有回答。

好啦。你也许想打个电话给她。我跟她通电话时,她的声音听上去可是很担心啊。

他走之后,莫斯把放在床上的照片翻过来。像打扑克的时候翻开倒扣的牌查看似的。他看了看那个水壶,但这时护士走了进来。

# 6

现在的年轻人似乎很难成熟起来。我不知道是为什么。也许只是没必要那么快地成熟起来吧。我有一个侄子，十八岁就当上了代理治安官。当时他已经成了家，还有了一个小孩。我有一个朋友，我们是从小一起长大的，他在同样的年龄就当上了浸信会的布道者。一个古老的乡村小教堂的牧师。大约三年之后，他离开那儿，去了拉伯克，当他告诉人们他要离开时，信众全都坐在教堂里哭了起来。男人女人，全都一样。他曾经给他们举行婚礼，施洗礼，办葬礼。当时他才二十一岁，也可能是二十二。他布道的时候，挤不进教堂的人就站在院子里聆听。对此我真的感到很惊讶。上学的时候，他总是很安静的。我参军的时候是二十一岁，属于新兵训练营里年龄最大的那一拨。六个月后，我就已经在法国拿着步枪杀敌了。当时，我甚至都没有想过那有什么好奇怪的。四年后，我当上了这个县的警长。我从来没有怀疑过自己能否胜任，但别人好像也没怀疑过。现在的人们，你要是跟他们谈论对错，他们只会冲你微笑。但是我对这样的事情从来没怎么感到困惑。我对这些事的想法。我希望永远用不着怀疑。

洛蕾塔告诉我，她从收音机里听到，在这个国家，有一些孩子是由他们的爷爷奶奶养大的。我忘记百分比是多少了。非常高，我想。父母不愿意养孩子。我们聊过这件事。我们想，等下一代长大了，他们也不想带孩子，那时由谁来带呢？到那时，就只有他们自己的父母这些当爷爷奶奶的了，可他们连自己的孩子都不愿意带。我们也没有答案。在日子还算好过的时候，我觉得是自己不了解或是忽略了某些事情。可是这样的时候并不多。有时候，我会在半夜里突然醒来，对此确信无疑，除非基督再临，否则这辆列车不可能慢下来。我不知道醒着躺在床上想这种事有什么用。可我就是醒着。

我真的不相信，连个太太都没有的人能把咱们这行干好。还得是很不一般的那种太太。厨师、看守以及我也不是很清楚的种种工作。那些犯人，他们不知道自己是多么幸运才能碰到她。呃，或许他们有的知道吧。我从来没有为她的安全操心过。

一年里的大部分时间,他们都能吃到新鲜的蔬果。美味的面包。豆羹汤。他们都知道她会准备汉堡和炸薯条。甚至多年之后,他们还会回来看看,有些都已经成了家,生活过得也不错。带着他们的妻子。甚至带着他们的孩子。他们倒不是回来看我的。我见过他们先是给她介绍他们的妻子或心上人,然后就放声大哭。已经是成年人了。过去曾经干过一些相当恶劣的事。她很清楚自己在干什么。她从来都很清楚。所以我们看守所每个月都超支,可你又能怎么样呢?你什么忙都帮不上。你只能不去操这份心。

齐格在131号公路的交叉路口停下车,打开放在膝盖上的黄页电话簿,翻过染血的纸张,找到兽医类的页面。在大约还有半小时车程的布雷克斯维尔郊外有一家诊所。他看了看缠在腿上的毛巾。血已经把它浸透了,而且渗到了座位上。他把黄页簿丢在踏垫上,双手搁在方向盘的顶部,在那儿坐了大约三分钟。然后,他挂上车挡,又开上了公路。

在拉普赖尔附近的十字路口,他向北拐上了通往尤瓦尔迪的公路。他的腿像水泵一样颤抖不止。在尤瓦尔迪郊外的公路上,他把车停在一家合作社前面,解下绑在腿上的百叶窗绳子,扯下那条毛巾。然后他下了车,一瘸一拐地走了进去。

他买了满满一大袋兽医用品。棉球、胶带和纱布。一支球形注射器和一瓶双氧水。一副镊子。剪刀。几袋四英寸长的棉签和一夸特瓶装优碘。他付了账，走出商店，上了那辆公羊装运者，发动引擎，然后坐在那里用后视镜看了看那座房子。像是在想他还需要别的什么东西，但并非如此。他把手指缩到衬衣袖口里，小心翼翼地吸去眼睛上的汗水。随后他挂上车挡，倒出停车场，驶上公路，朝着县城开去。

他沿着主街向东行驶，然后向北转到格蒂街，又向东转到诺珀尔街，在那里停下车，关掉引擎。他的腿还在流血。他从袋子里取出剪刀和胶带，在装棉球的硬纸盒上割下一个直径三英寸的圆片。他把那个纸片和胶带一起塞进他的衬衣口袋，又从车座后面踏垫上拿起一个衣架，拧掉弯钩，把剩下的部分抻直。接着，他侧身打开提包，取出一件衬衣，用剪刀剪下一只袖子，折叠起来，塞进口袋，又把剪刀塞进合作社给的那个大纸袋里，然后打开车门，两只手托着那条伤腿的腿弯，小心翼翼地把自己挪下车。他抓住车门，站在那里。接着，他把头垂到胸前，一动不动地站了将近一分钟。这之后，他才直起身，关上车门，向前走去。

在主街上的药房外面，他停住脚步，转过身，靠在一辆停在路边的轿车上。他观察了一下街上的情况。没有人。他旋开胳膊肘旁边的油箱盖子，把那截衬衣袖子钩在抻直的衣架铁丝上，插进油箱里，然后又拉出来。他把那个硬纸板粘在去掉盖子的油箱口上，然后把浸满汽油的袖子团成一个球，粘在上面，点燃，转过身，一瘸一拐地走进药房。他在通往药品区的过道上走了一半多点，外边那辆车就爆炸起火了，把药房面街的门窗玻璃全震碎了。

他径直穿过小单向门，沿着药品架之间的过道走去。他找到一袋注射器，一瓶氢可酮药片，然后又回到过道里，寻找青霉素。他没能找到青霉素，但是找到了四环素和磺胺。他把这些东西塞进口袋，穿过橙色的火光从柜台后面走出来，沿着过道往里走去，他顺手拿了一副铝制拐杖，推开后门，一瘸一拐地穿过药店后面的铺石停车场。后门的警报器响了起来，但是没有人注意，自始至终，齐格都没有向还在燃烧的药店正面看上一眼。

他把车停在洪多郊外的一家汽车旅馆，要了一间最靠里的房间，走进去，把提包放在床上。他把手枪塞到枕头下面，拿着合作社给的袋子走进卫生间，把里面的东西全部倒进洗手池。他把口袋里的东西也都掏出来——钥匙、钱包、抗生素瓶，还有注射器，放在台子上。他坐在浴缸边上，脱下靴子，弯腰塞住浴缸的排水孔，拧开水龙头。然后，他脱掉衣服，小心翼翼地挪到慢慢注满水的浴缸里。

他的腿又黑又紫，而且肿得厉害。看上去就像被蛇咬过。他用一块毛巾往伤处淋了些水。他在水里把腿翻转过来，仔细查看伤口。衣服的碎屑沾在了伤口里。伤口大得足以塞进一根大拇指。

他从浴缸里爬出来，水已经变成淡淡的粉红色，弹孔仍旧在往外渗着被血清稀释过的淡淡血丝。他把靴子扔进水里，用毛巾轻轻揩干身体，坐在马桶上，从洗手池里拿出优碘和棉签袋子。他用牙齿撕开棉签袋子，拧开瓶盖，把药水慢慢地倒在伤口上。然后，他放下药瓶，弯下腰开始处理，用棉签和镊子把碎布屑清理干净。他没有关洗手池上面的水龙头，坐在那里休息了一会儿。他把镊子尖伸到水龙头下面，然后甩掉上面的水，弯下腰继续处理起来。

处理完以后，他最后一次给伤口消了消毒，接着把四英寸见方的纱布撕开，覆在伤口上，再用纱布固定好，这些纱布是从一卷专给绵羊和山羊用的纱布上剪下来的。他站起身，拿起放在洗手池台上的塑料杯接满水，一饮而尽。接着，又接了两杯喝下。然后他回到卧室，摊开四肢躺在床上，伤腿下面垫着枕头。除了额头上渗出少量汗珠，几乎没有别的迹象表明刚才的活费了他多大力气。

他再次走进卫生间，从塑料袋里剥出一支注射器，把针头刺进四环素的瓶盖，将玻璃针筒吸满药水，然后举到灯光下，用大拇指推动活塞，直到针头上冒出一小滴药水。接着，他用手指弹了两下注射器，俯下身，把针头刺进右腿的股四头肌，慢慢推动活塞。

他在那家汽车旅馆待了五天。每天拄着拐杖一瘸一拐地到咖啡馆去用餐，然后再回来。他让电视机一直开着，坐在床上看节目，从来不换频道。电视上放什么节目他就看什么。肥皂剧，新闻，脱口秀，他都看。他每天换两次绷带，用泻盐溶液清洗伤口，打抗生素。第一天早上女服务员来的时候，他走到门口，说他什么服务都不需要。只要毛巾和肥皂。他给了她十美元小费，她接过钞票，半懂不懂地站在那里。他用西班牙语重复了一遍，她才点点头，把钱塞进围裙，推着她的推车顺着走廊回去了，而他站在那里，观察了一下停车场的车，然后关上房门。

第五天晚上，当他坐在咖啡馆的时候，两个瓦尔迪兹县警局的副警长走了进来，落座，脱下帽子，分别放在各自旁边的空座位上，然后从镀铬的挂钩上取下菜单，打开。其中一个看了看他。齐格留意着他们，既没有扭头，也没有看过去。他们交谈了一会儿。另外一个副警长也向他看了看。接着，女服务员走了过来。他喝完他的咖啡，站起来，把钱留在桌上，向外面走去。他把拐杖留在了咖啡馆，沿着走廊缓慢而镇静地走过咖啡馆的窗边，尽量不显出一瘸一拐的样子。他走过他的房间，来到走廊的尽头，然后转过身来。他看了看停在停车场里边的那辆公羊装运者。从旅馆接待处和餐馆那里都看不见它。他走回他的房间，把他的盥洗包和手枪放进提包，走出去，穿过停车场，钻进公羊装运者，发动，驾车驶过混凝土倒车垫，开进隔壁电子用品商店的停车场，然后开出去，上了公路。

韦尔斯站在桥上，河上刮来的风吹乱了他稀疏的沙色头发。他转过身，靠在栏杆上，举起随身带着的那个廉价的小相机，随手拍了一张，又把相机放下来。他站在莫斯在四天前的那个夜晚站过的地方。他仔细察看人行道上的血迹。在血迹变得难以辨认的地方，他停下来，双臂交叉，站在那里，一只手托着下巴。他没有费事去拍照。附近没有一个人注意他。他看了看桥下缓慢流淌的绿色河水。他往前走了十二步，又返回来。他走到车行道上，横穿到另一边。一辆卡车驶了过去。桥面出现一阵轻微的颤动。他沿着人行道往前走，不一会儿又停下来。

有一个模糊的血靴子印。还有一个更模糊的。他仔细观察钢丝网，看上面是否有血迹。他从口袋里掏出手帕，用舌头舔湿，在那些菱形网眼上蹭了蹭。他站在那儿，望着下面的河。沿着美国边界有一条路。在那条路与河道之间，是一片茂盛的芦荻丛。那片芦荻在河风中摇摆。要是他把那些钱弄到了墨西哥，肯定就找不回来了。但是他没有。

韦尔斯往后站了站，又看了看那些血脚印。一些墨西哥人沿着桥走来，带着他们的篮子和白包裹。他掏出相机，对着眼前的河、天空和整个世界，拍了一张。

贝尔坐在办公桌前，签着支票，同时用一个掌上计算器统计着总数。干完之后，他向后靠在椅子上，向窗外那片萧瑟的法院草坪望了望。莫莉，他叫道。

莫莉走过来，站在门口。

关于那几辆车你有什么发现吗？

警长，我查了所有能够找到的资料。那些车的车主和注册人都已经死了。那辆开拓者的车主二十年前就死了。需要我去查查墨西哥佬那边的资料吗？

不用了。别麻烦了。这是你的支票。

她走进来，从贝尔的办公桌上拿起那一大本人造革支票簿，夹在腋下。DEA的那位探员又打电话来了。你不想跟他谈谈吗？

这个人我还是能回避就回避吧。

他说他要再去一趟现场，问你要不要跟他一起去。

呃，他真是热心。我看，他想去哪儿就去哪儿。他是持证的联邦探员嘛。

他想知道你打算怎么处理那些车子。

是啊。我想看看能不能把它们拍卖掉。县里穷得叮当响。一辆装的是热气发动机。说不定能卖上几个钱呢。莫斯太太没有来过电话？

没有，长官。

好吧。

他看了看外间办公室墙上的表。能不能请你给洛蕾塔打个电话，就说我去了伊格尔帕斯，我到了那边会打给她的。我本应该现在就打，但她会叫我回家的，我可能也就回了。

你要我等你离开之后再打吗？

对，就是这个意思。

他把椅子往后一推，站起身，从办公桌后面的衣帽架上取下他的枪带，挂在肩上，又拿起他的帽子，戴好。托波特是怎么说的来着？关于真理和正义？

我们每天都得重新奉献自己。[1] 大概就是这样。

我看我现在要准备好每天奉献自己两次。说不定在结束之前要每天奉献三次才行。咱们明早见。

他在咖啡馆前面停下车，要了一杯外带咖啡，当他走出咖啡馆，向警车走去时，街上驶来一辆平板拖车。车身覆盖着一层灰色沙尘。他停下脚步，望着它，随后钻进警车，掉转车头，驱车超过那辆拖车，让它停在路边。当他下车往回走时，那司机就坐在方向盘后面，嚼着口香糖，看着他，一副乐于帮忙的傲慢神情。

贝尔把一只手搁在驾驶室上面，看着里面那个司机。司机点点头。嘿，警长，他说。

你有没有看看你拉的货怎么样了？

司机往后视镜里看了看。怎么啦，警长？

贝尔往卡车后面走了几步，下车到这儿来，他说。

那人打开车门，下了车。贝尔冲着拖车的平板点点头。这可真是糟践死者啊，他说。

---

[1] We dedicate ourselves anew daily. 意为我们每天都需要重新坚定信念，为真理和正义而奉献。

那人走到车后，看了看。有个绳结松了，他说。

他抓住帆布松开的那个角，往后扯了扯，遮住躺在平板上的尸体，每一具都裹着蓝色的加厚塑料布，用胶带缠住。一共有八具尸体，看上去是这样。包裹严实、缠缚紧密的死尸。

你出发的时候有几具尸体？贝尔说。

我一个也没丢啊，警长。

你们就不能用一辆厢货吗？

我们没有四驱的厢货。

他把帆布角绑结实，站在那儿。

好啦，贝尔说。

你不会因为我运输不当，就给我开罚单吧？

快滚吧你。

太阳落山时，他到了魔鬼河大桥，他在桥中央的一个临时停车点停下警车，开亮顶灯，从车里出来，关上车门，走到车前，靠着铝制保险杠站住。望着太阳坠入铁路桥西面的蓝色水库。他看到车灯的光，一辆向西行驶的半挂式货车减慢车速，远远地沿着大桥的弯道开了过来。货车开过去时，司机从车窗里探出身来。千万别跳，警长。她不值得你这么做。喊完，柴油发动机开始加速转动，那家伙踩了两下离合，换了高速挡，呼啸而去。贝尔笑了笑。可事实上她就是值得啊,他自言自语道。

车子驶过481号公路和57号公路的交叉路口大约两英里后,放在副驾驶座位上的信号接收器响了一声,接着就又恢复了宁静。齐格把车开到路边,停下。他拿起那个盒子,把它翻过来看看,又翻回正面。他调了调旋钮。什么动静都没有。于是他又开车驶上公路。太阳光漾在前方低矮的青色山峦间。正在慢慢地化开。凉爽、暗沉的暮色笼罩了这片荒野。他摘下墨镜,放进手套箱,合上盖子,开亮顶灯。与此同时,信号接收器开始每隔一小段时间就响一声。

他把车停在那家旅馆后面,从车里出来,提着一个有拉链的提包,里面装着信号接收器、霰弹枪、手枪,一瘸一拐地绕过那辆车,穿过停车场,登上旅馆的台阶。

他办好入住登记,拿到钥匙,蹒跚着登上楼梯,穿过走廊,找到他的房间,进到里面,锁上门,在床上躺下,霰弹枪横在胸前,眼睛盯着天花板。他怎么也琢磨不出那个信号接收器为什么会在这家旅馆里。他排除了莫斯的可能,因为他几乎可以肯定莫斯已经死了。那剩下的就是警察了。或者是玛塔库姆博石油集团派来的家伙。他们肯定以为他会觉得他们知道他认为他们都很蠢。他心想。

夜里十点半,他睡醒了,在昏暗和寂静中躺着,但他已经找到了答案。他从床上起来,把霰弹枪塞到枕头后面,手枪插进裤腰带里。然后,他走出房间,一瘸一拐地走下楼梯,来到服务台。

接待员正坐在柜台后面看杂志,一看见齐格,就把杂志塞到柜台下面,站了起来。你好,先生,他说。

我想看看登记簿。

你是警官吗?

不。我不是。

那我恐怕不可以照办,先生。

你肯定可以。

回到楼上后,他停下脚步,站在房间外面的走廊里听了听。他走进房间,拿上霰弹枪和信号接收器,走到那个用警戒带隔离着的房间前面,把接收器的开关拧开,伸到门口试了试。接着他走到另一间房的门前,看看能否接收到信号。之后,他又回到前一个房间,用从服务台拿来的钥匙打开房门,后退一步,背靠着走廊里的墙壁站住。

他可以听到车辆从停车场外边的街上驶过的声音,不过他

195

还是觉得窗户是关着的。没有一丝风。他往房间里快速扫了一眼。床被拉得离开了墙。卫生间的门开着。他检查了一下霰弹枪的保险。跨到房门的另一侧。

房间里空无一人。他用接收器把房间检查了一遍,在床头柜的抽屉里找到了信号发送器。他坐到床上,把它拿在手里摆弄着。一小块锃亮的菱形金属,像多米诺骨牌那么大。他朝窗外的停车场看了看。他的腿在痛。他把那块金属塞进口袋,关掉接收器,起身走出房间,顺手带上房门。房间里的电话响了。他琢磨了一小会儿。接着,他把信号发送器放在走廊的窗台上,转身返回大堂。

他在那里静候着韦尔斯。没人会这么做。他把一个皮制扶手椅推到大堂深处的角落,坐在上面,从那个角落,他既可以看见前门,也可以看到通往后门的过道。十一点十三分,韦尔斯走了进来,齐格起身,尾随着他上了楼梯,霰弹枪松松地裹在他先前一直在读的报纸里。走到一半时,韦尔斯转身向后看了过来,齐格扔掉报纸,把霰弹枪端在腰间。嗨,卡森,他说。

他们在韦尔斯的房间里坐下,韦尔斯坐在床上,齐格坐在靠窗边的椅子上。你没必要这么做,韦尔斯说。我只是个临时工。我可以乖乖地回家。

没问题。

我也不会让你吃亏。带你去找个取款机。咱们就各奔东西。卡里差不多有一万四。

好买卖啊。

我也这么觉得。

齐格向窗外看了看,霰弹枪横在他的腿上。受伤改变了我,他说。改变了我的看法。从某种程度上说,又深入了一层。有些原来不清楚的事现在一目了然了。我曾以为它们很清楚,实际上并不是。最合适的说法是我搞懂了自己。这倒不是坏事。只是来得晚了一些。

可这还是笔好买卖。

没错。不过汇率不对。

韦尔斯目测了一下他们之间的距离。没有任何意义。二十年前可能还行。也许那时候也不行。你一定要动手,那就动手吧,他说。

齐格懒洋洋地坐在椅子上,用指节支着下巴。观察着韦尔斯。揣测着他临死的想法。这种情况,他早就见过了。韦尔斯也是。

其实早就开始了,他说。我当时没有意识到。沿着国境线往东走的时候,我在这个镇的一家咖啡馆停了一会儿,有几个家伙正在那儿喝啤酒,其中一个老是回头看我。我没把他放在眼里。我点了晚餐,吃完。但是我到柜台那边去付账时,得从他们旁边经过。他们都在龇牙咧嘴地笑,那个家伙说了一些让人很难无视的话。你知道我干了什么吗?

当然。我知道你干了什么。

我没有理他。我付了账,正要推门出去,那家伙又说了同样的话。我转身看着他。我就站在那儿,用一根牙签剔着牙,用头示意了他一下。叫他到外边来。要是他有种的话。然后我就走了出去。我在停车场等着。他跟他的朋友们也出来了,我在停车场杀了他,然后上了自己的车。他那帮朋友全都围在他的旁边。他们不知道发生了什么事。他们不知道他已经死了。其中一个说我把他催眠了,然后其他人都跟着这么说。他们想让他坐起来。甚至扇了他几个耳光,想让他坐起来。一个小时之后,在得克萨斯州的索诺拉郊外,一个副警长让我在路边停车,我任凭他给我戴上手铐,带回县城。我不知道我为什么要这么做,但是我想,我是要看看能不能靠自己的意志来解救自己。因为我相信人是无所不能的。这种事应该能办得到。但是这么做的确很愚蠢。没事找事。你明白吗?

我明白吗?

对。

你知道你他妈的有多疯狂吗?

你是说我刚才跟你聊的这些?

我是说你这个人。

齐格往后面靠了靠,看着韦尔斯。问你一个问题,他说。

什么。

如果你遵循的规矩让你落到了如此下场,那这些规矩有什么用?

我不知道你在说什么。

我在说你的人生。现在正是看透一切的时刻啊。

我对你的胡说八道没有兴趣,安东。

我还以为你会想为自己做些解释呢。

我没有必要向你做什么解释。

不是向我。是向你自己。我想你可能有什么话要说吧。

你去死吧。

你还真有点让我吃惊。我还以为你会跟别人不一样。会对过去的事情提出质疑。你不这么认为吗?

你以为我会跟你换位思考?

没错，我是这么想的。我坐在这儿，你坐在那儿。但几分钟内，我还是在这儿。

韦尔斯向已经变暗的窗外看了看。我知道那个皮箱在哪儿，他说。

你要是知道皮箱在哪儿，你早就弄到手了。

我本来打算等到附近没人的时候再去拿。等到夜深人静。凌晨两点钟之类的。

你知道那个皮箱在哪儿。

对。

我知道的更多。

知道什么。

我知道它将会出现在哪儿。

在哪儿。

它会被人带到我这儿来，放在我的脚边。

韦尔斯用手背擦了擦嘴。你又没什么损失。离这儿只有二十分钟。

你知道这种事不会发生的。不是吗？

韦尔斯没有回答。

不是吗？

你去死吧。

你以为可以用你的眼睛来推迟。

什么意思？

你以为只要盯着我看就能拖延死期。

我没那么想。

不，你想了。你应该认命。这样才能保有尊严。我这是在想办法帮助你。

你这个畜生。

你以为你不会闭上眼睛。但是你会的。

韦尔斯没有回答。齐格盯着他。我还知道你其他的想法，他说。

你根本不知道我在想什么。

你在想我跟你一样。都是贪婪的家伙。可是我跟你不一样。我的生活非常简单。

只管动手吧。

你是不会明白的。你这种家伙。

快动手吧。

没错，齐格说。那些人总爱这么说。可心里不是这么想的，不是吗？

你这混蛋。

这样不好,卡森。你需要冷静。如果你不尊重我,你又怎么会把自己当回事儿呢?看看你现在的处境吧。

你以为你能超脱一切吗?韦尔斯说。但你根本做不到。

并不是一切。没错。

死亡你就没有办法超脱。

我对死亡的理解跟你不一样。

你以为我怕死吗?

当然。

快动手吧。动手吧,你这该死的。

这是两码事儿,齐格说。你居然抛弃了这么多年来的经验。我想我真的不能理解。一个人是如何决定按照什么顺序来逐步背弃自己的生活的呢?咱们可是同行啊。在某种程度上。你就这么看不起我吗?你为什么会这样想?你怎么会让自己沦落到这种地步?

韦尔斯看了看窗外的街。现在几点钟?他问。

齐格抬起手腕,看看手表。十一点五十七分,他说。

韦尔斯点点头。按照那个老妇的挂历来看,我还有三分钟。真是见鬼啊。我觉得,在很久以前我就看到这一切的来临了。

简直像一场梦。似曾相识啊[1]。他看着齐格。我对你的想法不感兴趣,他说。快动手吧。你这该死的变态。动手吧,你他妈的,下地狱去吧。

他真的闭上了眼睛。他闭上眼睛,扭过头去,抬起一只手,想挡住那不可能被挡住的东西。齐格对准他的脸开了一枪。韦尔斯曾经知道的、想过的、爱过的一切,全都缓缓地沿着他身后的墙壁流了下去。他母亲的面容,他的第一次圣餐,他认识的女人们。那些跪在他面前死去的人们的面孔。另一个国家路旁的阴沟里,一个孩子的尸体。他没了半个脑袋,大张着双臂倒在床上,大半个右手也没有了。齐格站起身,从小地毯上捡起空弹壳,往里面吹了口气,装进自己的口袋,然后看看手表。新的一天还差一分钟才会到来。

他从旅馆的后楼梯下来,穿过停车场,走到韦尔斯的车前,从韦尔斯随身带的那串钥匙中找出车钥匙,打开车门,把车内前前后后以及座位下面都检查了一遍。那辆车是租来的,除了放在车门内袋里的租赁合同什么都没有。他关上车门,瘸着走到车后,打开行李箱。什么也没有。他绕到驾驶座那边,拉开

---

[1] 原文为法语,Déjà vu。

车门，打开引擎盖的开关，然后走到车前，把引擎盖掀起来，看了看引擎室，又盖上了，站在那里看着那家旅馆。这时，韦尔斯的手机响了。他从口袋里掏出那部手机，按下接听键，放在耳边。喂，他说。

莫斯扶着护士的胳膊在病房里来回走动。她用西班牙语说着鼓励他的话。他们走到了隔间的尽头，转过身来，开始往回走。他的额头上挂着汗珠。继续，她说。非常好。他点点头。确实他妈的非常好，他说。

后半夜，他从噩梦中惊醒，挣扎着挪到走廊，请求用一下电话。他拨了敖德萨的号码，吃力地靠在柜台上，听着听筒里的铃声。响了很长时间。最后，她母亲接了。

我是卢埃林。

她不想跟你说话。

不，她想。

你知道现在几点了吗？

我不管现在几点。你别挂电话。

我早就告诉过她会发生什么事，不是吗？我说得明明白白的。我说：你们将来会有这样的下场。现在果然变成了这样。

你别挂电话。把她叫来，让她接。

她拿起电话，上来就是一句：我没有想到你会这么对我。

嗨，亲爱的，你怎么样？一切都好吗，卢埃林？这些话都去哪儿了？

你在哪儿。

彼德拉斯内格拉斯。

我该怎么办，卢埃林？

你还好吗？

不，我一点都不好。我怎么会好呢？好多人打电话来找你。还有特勒尔县来的警长。就他妈的出现在门口。我还以为你已经死了。

我没有死。你告诉他什么了？

我能告诉他什么？

他可能会骗你说些什么。

你受伤了，是不是？

你怎么会这么说？

我能从你的声音里听出来。你没事吧？

我没事。

你在哪儿？

我跟你说过我在哪儿。

听上去你好像是在巴士车站。

卡拉·琼,我想你得赶紧离开那儿。

离开哪儿?

离开那个房子。

你是在吓唬我吧,卢埃林。离开这儿我能去哪儿?

哪儿都行。我只是觉得你不能再待在那儿了。你可以去找一家汽车旅馆。

可妈妈怎么办?

她会没事的。

她会没事?

是的。

你根本不知道该怎么办。

卢埃林没有应声。

你知道吗?

我只是觉得不会有人找她的麻烦。

你觉得不会?

你得赶紧离开。把她也带上好了。

我不能带妈妈去汽车旅馆那种地方。她有病,你又不是不知道。

那个警长都说了些什么。

说他正在找你,你以为他会说什么?

他还说了些什么。

她没有回答。

卡拉·琼?

她听上去像是在哭。

他还说了些什么,卡拉·琼?

他说你肯定会被人杀死。

哦,确实像是他会说的话。

她好久没吭一声。

卡拉·琼?

卢埃林,我根本不想要那些钱。我只希望咱们能回到原来的生活。

咱们会的。

不,咱们不会。我认真想过了。那是假的上帝。

没错。但那是真的钞票。

她又叫了一遍他的名字,接着真的哭了起来。他试着跟她说话,可她就是不应声。他站在那儿,听着她在敖德萨低声啜泣。

你想要我做什么？他说。

她没有回答。

卡拉·琼？

我希望一切能回到正轨。

要是我跟你说我会想办法处理好一切的，你会照我说的去做吗？

是的。我愿意。

我这儿有个电话号码可以打。有人能帮助咱们。

你相信他们吗？

不知道。我只知道我没有别的人可以相信了。我明天再给你打电话。我觉得他们应该不会很快就找到你，否则我早就叫你离开了。我明天再给你打。

他挂上电话，然后拨了韦尔斯留给他的号码。响第二声的时候，有人接了，但不是韦尔斯。我想我拨错了，他说。

你没有拨错。你得来见我。

你是谁？

你知道是谁。

莫斯紧靠着柜台，用拳头抵住前额。

韦尔斯在哪儿？

他现在不能帮助你了。你跟他做了什么交易？

我没做什么交易。

不，你做了。他准备付给你多少钱？

我不知道你在说什么。

那些钱在哪儿。

你对韦尔斯做了什么。

我们有点意见分歧。你没必要关心韦尔斯。他跟这件事已经没关系了。你得跟我谈。

我没必要跟你谈。

我觉得你有必要。你知道我要去哪儿吗？

我干吗要管你要去哪儿？

你知道我要去哪儿吗？

莫斯没有回答。

你在听吗？

我在听。

我知道你现在在哪儿。

是吗？我在哪儿？

你在彼德拉斯内格拉斯的医院里。但我要去的不是那儿。你知道我要去哪儿吗？

当然。我知道你要去哪儿。

你可以改变这一切。

我为什么要相信你?

你相信过韦尔斯。

我不相信韦尔斯。

你打电话给他了。

我确实打了。

告诉我,你想要我怎么做。

莫斯调整了一下身体重心。汗珠挂在他的额头上。他没有回答。

说话啊。我还等着呢。

等你到了那里,我可能正候着你呢,莫斯说。租一架飞机。你想过这点吗?

听起来不错。但是你不会那么做。

你怎么知道我不会?

那你就不会告诉我了。算啦,我得出发了。

你知道她们不可能还在那儿。

无论她们在哪儿都没什么区别。

那你去那儿干吗。

你知道这件事的结局会是怎样，不是吗？

我不知道。你知道？

对，我知道。我看你也知道。你只是还不想接受它。所以我就告诉你吧。你把钱带来交给我，我就放过她。否则，她就得承担责任。你也一样。我不知道你在不在乎这个。但这是你能做的最好的交易了。我不会跟你说你能救得了自己，因为你救不了。

行，我会给你送份大礼的，莫斯说。我已经决定要给你一份特殊的惊喜了。所以你根本没必要来找我。

我很高兴听到这个。本来我都有点对你失望了。

你绝不会失望的。

很好。

老天作证，你根本没必要操心会不会失望。

破晓之前，他离开了，身上穿着棉纱病号服，外面罩着大衣。大衣的下摆因为浸过血变得硬邦邦的。他没有穿鞋。大衣内侧的口袋里装着他折起来的钞票，也沾满了血，硬邦邦的。

他站在街上，看了看街灯。他完全不清楚自己是在什么地方。脚下的混凝土地面一片冰冷。他吃力地向街角走去。有几辆车从他身边驶过。他一直挣扎到下一个街角的路灯下面才停住，一只手撑在房子的外墙上。他的外套口袋里有两粒省下来的白色药片，现在他掏出一粒，干咽下去。他觉得自己要呕吐了。他在那儿站了很久。那里有一个窗台，他本可以坐在上面，但那里为了防止浪荡汉往上坐，安装了带尖刺的铁栅栏。有辆出租车经过，他举起一只手，但车没有停。他想，一定要走到街上去，过了一会儿，他做到了。他在街上摇摇晃晃地站了一会儿，才又看见一辆出租车，他举起手，那辆车停在路边。

司机仔细打量着他。莫斯靠在车窗上。你能送我到桥对面去吗？

到对面。

对，到对面。

你带钱了吗。

带了。我带着钱。

司机看上去半信半疑的。二十美金，他说。

没问题。

在出入境关卡，守卫俯下身来，注视着坐在出租车昏暗后座上的他。你是哪国人？他问。

美国。

你带什么东西没有？

什么也没带。

守卫打量着他。你不介意从车上下来吧？他说。

莫斯按下车门把手，扶着前排座位，慢慢地挪下车，站住。

你的鞋呢？

我也不知道。

你没什么衣服可穿，是吗？

我穿着衣服呢。

另外一个守卫在指挥车辆通过。他指了指一个停车点。请你把车开到那边的第二个空位，好吗？

出租车司机挂上车挡。

你不介意往旁边走几步吧？

莫斯走开几步。那辆出租车开到停车区，司机关了引擎。莫斯看着那个守卫。守卫似乎是在等着他开口，但他没说话。

他们把他带进一间白色的小办公室，让他坐在一把铁椅子上。又有一个人走进来，靠着一张铁桌子站住，打量了他一番。

你喝了多少酒？

我根本没喝酒。

那你这是怎么了？

什么意思？

你的衣服去哪儿了?

不知道。

有证件吗?

没有。

啥都没有。

对。

那个人靠向椅背，双臂交叉抱在胸前，问道：你觉得什么人才有资格通过关卡进入美国?

不知道。美国公民吧。

某些美国公民。在你看来，这件事是由谁来决定呢?

我猜是由你。

正确。那我又是怎么决定的呢?

不知道。

我会问问题。如果回答合情合理，我就准许他们进入美国。要是说不通，他们就不能进入。你有什么不明白吗?

没有，长官。

那就是说你准备好开始了。

是的。

我们需要进一步知道你为什么不穿衣服就跑到这儿来。

我穿着大衣呢。

你是在耍我吗?

不是,长官。

千万别跟我耍花招。你是现役军人吗?

不是,长官。我已经退役了。

在哪个部队服役?

美国陆军。

参加过越战吗?

参加过,长官。在那儿待了两个服役期。

哪支部队?

第十二步兵团。

服役的时间呢。

一九六六年八月七号到一九六八年九月二号。

那个人盯着莫斯看了一会儿。莫斯看了看那人,把视线移向别处。他看向门口和空荡荡的门厅。披着大衣,弓着脊背,坐在那儿,胳膊肘撑在膝盖上。

你没事吧?

没事,长官。我没事。如果你能让我过去的话,我妻子会来接我的。

身上有钱吗？有零钱打电话吗？

有的，长官。

他听见爪子在瓷砖上抓挠的声音。有个守卫牵来了一条德国牧羊犬。那人向这名守卫扬了扬下巴。找个人来帮帮这家伙。他要去城里。那辆出租车走了吗？

是的，长官。车上没有可疑物品。

我就知道。去找个人来帮帮他吧。

他看着莫斯。你是哪里人？

得克萨斯州的圣萨巴县。

你老婆知道你在哪儿吗？

知道，长官。前不久我刚给她打过电话。

你们吵架了？

谁吵架了？

你跟你老婆。

哦。算是吧。是的，长官。

你得跟她说你很抱歉。

啊？

我说，你得跟她说你很抱歉。

好，长官。我会的。

即使你认为错的是她。

是，长官。

去吧。快滚吧。

是，长官。

有时候，你遇到一个小问题，若是没有及时处理好，然后突然之间，它就不再是什么小问题了。明白我的意思吗？

是，长官。我明白。

去吧。

是，长官。

天已经蒙蒙发亮，那辆出租车也走远了。他沿着街道走去。一股血清从他的伤口渗了出来，沿着腿的内侧流了下去。没什么行人注意他。他转到亚当斯街，在一家服装店前面停下来，往里看了看。里面亮着灯。他敲了敲门，等了等，又敲了敲。最后，一个穿着白衬衣、打着黑领带的小个子男人开了门，向外看着他。我知道你还没有开始营业，莫斯说，可我真的急需一些衣服。那人点点头，把门完全拉开。进来吧，他说。

他们沿着过道并排走向靴子专柜。托尼·拉马，贾斯廷，诺科纳。那里摆着几把矮脚椅，莫斯双手紧抓着椅子扶手，缓缓地坐了下去。我需要靴子和衣服，他说。我身体不太舒服，我不想走动了，而且也走不动了。

那人点点头。好的，先生，他说。没问题。

你们有拉瑞·马汉的靴子吗？

没有，先生。我们没有。

没关系。我要一条腰围三十二、裤长三十四的牧马者牛仔裤。一件大号衬衣。几双袜子。拿几双十号半的诺科纳皮靴给我看看。我还要一根腰带。

好的，先生。你想看看帽子吗？

莫斯往店里看了看。我想有顶帽子也不错。你们有窄檐的牧人帽吗？七又八分之三码的？

有啊，我们有。我们有三X的莱西斯托海狸帽和质量更好一点的斯特森。我记得那是五X的。

让我看看斯特森的吧。我要银腹鱼那种颜色的。

好的，先生。白色的袜子行吗？

我穿的袜子都是白色的。

内衣呢？

来一件乔基裤吧。三十二号。或者中号。

好的。那就请你在这儿稍候。你身体没问题吧？

没问题。

那人点点头，转身走开。

我能问你个问题吗？莫斯说。

可以，先生。

你经常见到有人没穿什么衣服就进店里来吗？

不，先生。我得说这种情况并不多见。

他抱着一叠新衣服走进试衣间，脱下大衣，挂在门后的挂钩上。一片黯淡、干结的血渍在他凹陷的菜色肚皮上结成硬痂。他按了按胶带的边缘，可是胶带已经没有黏性了。他缓缓地坐到木凳上，穿上袜子，他打开内裤包装袋，取出内裤，套在脚上，拉到膝部，然后站起身，小心翼翼地提上去穿好。他再次坐下，拿掉衬衣上的纸板硬衬和数不清的大头针。

他从试衣间出来，原先那件大衣搭在胳膊上。他沿着吱嘎作响的木板过道走过来。那个店员站在那儿，低头看了看他脚上的靴子。这种蜥蜴皮的要多穿一阵子才会合脚。

没错。在夏天还很热。这些都不错。咱们再试试帽子吧。退役之后，我还从来没有这样打扮过呢。


那位警长呷了一口咖啡，把杯子放回之前杯底在玻璃桌面上留下的环状印子那里。他们决定把那家旅馆关掉，他说。

贝尔点点头。我并不觉得意外。

员工们全都辞职了。那个家伙只轮了两次班。我真的很自责。我没想到那个混蛋会再回到那家旅馆。我连想都没有想过会发生这种事。

他可能一直没有离开那儿。

我也是这么想的。

没有人知道他长什么样,因为见过他的人没有一个能活到讲出他的模样的时候。

真是一个该死的杀人狂,埃德·汤姆。

是啊。不过我并不认为他是个疯子。

是吗,那你说他是什么?

我也不知道。他们准备什么时候关门?

事实上已经关门了。

你有钥匙吗?

当然。我有一把钥匙。那儿是犯罪现场嘛。

咱们干吗不过去再好好看看。

好啊。咱们这就去吧。

他们看到的第一件东西是过道窗台上的那个信号发送器。贝尔捡起来,拿在手里摆弄,看着上面的标度盘和旋钮。

这他妈的不会是炸弹吧，警长？

不是。

那就好。

这是跟踪器。

所以不管他们在找什么最后都找着了。

也许吧。你看它放在那儿有多久了？

不知道。不过，我也许能猜得出他们在找什么。

可能吧，贝尔说。但整个案子中有些事情实在是说不通。

确实让人想不通。

我们发现一个前陆军上校的尸体，大部分脑袋被轰掉了，所以只能通过指纹来确认他的身份。没被打掉的手指。正规野战军。服役十四年。没有任何案底。

他算是遇上了无妄之灾。

是啊。

关于这个案子，你还有什么没讲过的吗，警长？

你知道的事实跟我没什么两样。

我指的不是事实。你看整个这场乱子是不是已经转移到南边去了？

贝尔摇摇头。我不知道。

这个案子跟你有牵扯[1]吗?

其实也不算。我那个县有对本不应该卷进来的年轻夫妻,但可能已经被卷进来了。

可能被卷了进来。

是的。

是你的亲戚吗?

不是。只是我那个县的人。我应该负责照管的人。

他把那个信号发送器递给那位警长。

我该怎么处理这个玩意儿呢?

它是马弗里克县的财产。犯罪现场的证据。

那位警长摇摇头。毒品,他说。

毒品。

他们居然把那种操蛋玩意儿卖给学生。

比这还要糟糕。

怎么讲?

学生居然会买。

---

[1] Get a dog in this hunt,指某人和某事之间存在利益关系。

# 7

我实在不想谈论那场战争。人们以为我是个战斗英雄,可我失去了整整一个班的兄弟。还因此得到嘉奖。他们丢了性命,我却得了勋章。我都不想知道你对此作何感想。我没有一天不想到这件事。受益于《退役军人权益法案》,我认识的一些活着回来了的伙计去了奥斯汀上学,对他们的乡亲颇有微词。有些真的是这样。叫他们红脖子或者诸如此类的东西。反感他们的政治观念。在这个国家,两代人是很长的跨度了。就好像你说的是早期移民似的。我常跟别人讲,要是你的老婆孩子惨遭杀害,被剥去头皮,像条鱼那样被掏出内脏,这种事情很容易让人变得暴躁易怒,可是人们似乎并不明白我究竟在说什么。我觉得,这个国家的六十年代已经使一部分人的头脑冷静些了。起码我希望是这样。不久前,我从报纸上读到,一些教师偶然发现了一份三十年代的调查问卷，来自全国各地的多所学校。问卷内容是教师们在教学过程中遇到了哪些问题。他们收到调查表，认真回答了这些问题，并从全国各地寄了回来。当时他们能提出的最大的问题，不过是学生在课堂上随意说话、在走廊上乱跑之类的事。嚼口香糖。抄作业。这种性质的事。于是，他们拿出一张没有用过的调查表，复印了一大堆，又寄给了同样的那些学校。四十年过去了。好了，收到答案了。强奸，纵火，谋杀。吸毒。自杀。所以我琢磨了起来。因为之前有好多次，每当我说这个世界正在迅速变坏之类的话时，人们只会露出某种微笑，说我老了。这是变老的症状。但我总觉得，那些连强奸、杀人与嚼口香糖的区别都搞不清楚的人的问题要比我的严重多了。四十年倒也不算是很长的时间。说不定到了下一个四十年，有些人已经是在外太空出生的了。很可能都用不着等到那时候。

在搬回这个县一两年后，我和洛蕾塔去科珀斯克里斯蒂参加过一个讨论会，我坐在一个女人旁边，可能是谁的老婆或者别的什么人。她一直在讲右翼这个右翼那个的。我都搞不清楚她到底要表达什么。我认识的人基本上都是普通人。就像常言说的，和泥土一样平凡。我把这话跟她说了，她却好笑地盯着我。她认为我是在说他们的坏话，但是在我的理解中，那无疑是一种很高的赞美。她又开始说啊说的。末了,她还告诉我:我不看好这个国家的未来,我希望我的孙女可以合法地做人流。我说,呃,太太,我并不觉得这个国家的未来有什么好让你操心的。根据我的观察,我毫不怀疑她将来可以做人流。我得说,她将来不仅可以做人流,她还可以让你安乐死呢。显然这终结了我们的交谈。

在凉爽的混凝土楼梯间里,齐格一瘸一拐地爬上了十七层,走到楼梯平台上的铁门前,用系簧枪的活塞柱把门锁的锁心撞飞,拉开铁门,跨进走廊,并反手关上铁门。他靠着铁门站住,双手端着霰弹枪,听了听动静。呼吸就像刚从椅子上站起来一样平缓。他沿着走廊走去,从地板上捡起那个被撞飞的锁心,装进口袋,然后一直走到电梯跟前,又站住听了听。他脱下靴子,把它们立在电梯旁边,只穿着袜子往走廊深处走去,为了照顾那条伤腿,他走得很慢。

那间办公室朝着走廊的门敞开着。他停下脚步。他心想,里面那家伙也许没有注意到他自己的人影正好映在走廊对面的墙上,虽然模糊,但确实有。齐格觉得那家伙竟会如此疏忽实在有些奇怪,不过他知道,对敌人的恐惧经常会使人注意不到其他的危险，更不用说是他们自己的影子了。他让背带从肩上滑下，把气罐轻放到地板上。光线穿过那家伙背后的烟色玻璃窗，投下影子，他观察了一下那身影的姿势。他用掌根把霰弹枪的托弹板轻轻推开，检查了一下枪膛里的子弹，然后推开保险。

那家伙在齐腰高的地方握着一把微型手枪。齐格一步跨进门口，把一发十号的子弹射入那家伙的喉咙。收藏家们采集鸟类标本用的那种型号。那家伙从他的转椅上向后倒去，掀翻了转椅，倒在地板上，躺在那儿抽搐着，发出咯咯的喘息。齐格从地毯上捡起那枚还在冒烟的弹壳，装进口袋，走进房间，安在被锯短的枪管上的消音罐仍旧冒着轻烟。他绕到办公桌后面，站住，低头看着那个家伙。那人仰面躺在那里，一只手捂住喉头，可鲜血还是不断地从他的指缝里喷出来，流到小地毯上。他的脸上到处是细小的弹孔，但是他的右眼似乎完好无损，他向上看着齐格，试图从他那噗噗冒血的嘴里说出话来。齐格单腿跪下，挂着霰弹枪，看着他。想说什么？他问。你想告诉我什么？

那家伙动了动脑袋。喉咙里的血发出汨汨的声音。

能听到我说话吗？齐格说。

他没有回答。

我就是你派卡森·韦尔斯去杀的人。你是想知道这个吗？

227

齐格打量着他。他穿着一身蓝色的尼龙运动服和一双白皮鞋。血在他的脑袋旁边汪成一片，他浑身颤抖着，好像很冷似的。

我之所以用鸟枪子弹，是因为我不想打碎窗玻璃。你身后的窗玻璃。让碎玻璃像下雨一样落在下面街上的行人身上。他冲着窗户扬了扬头，那里留着由小小的灰色凹痕衬托出来的上半身轮廓，那是铅弹留在玻璃上的。他看着那家伙。他捂着喉头的手已经松落，血也流得慢了。他看着那支丢在地上的手枪。他站起身，关上霰弹枪上的保险，从那人身边走过，来到窗前，看了看铅弹在上面留下的斑痕。等到他再次低头看时，那家伙已经断了气。他穿过房间，站在门口听了听动静。他走出去，穿过门厅，收起他的气罐和系簧枪，拿起他的靴子，把脚伸进去，穿上。然后，他走过走廊，穿过那道铁门，沿着混凝土楼梯下到车库，他的车就停在那儿。

她们到达巴士站的时候，天光刚刚破晓，阴冷、灰暗，还下着毛毛雨。她从前排车座上面探过身去，付了司机车费，又给了他两美元小费。司机从车上下来，绕到车后，打开后备箱，把她们的提包拿出来，放到门廊下，然后提着助行架绕到她母亲坐的那边，打开车门。她的母亲转过身，挣扎着从车里出来，来到雨中。

妈妈，能不能等一下？我得绕到那边去。

我就知道会发生这种事儿，母亲说。三年前我就说过了。

还不到三年呢。

反正我早就说过这话。

请等一下，让我绕过来。

在雨里等，她母亲说。她抬头看着那个出租车司机。我得了癌症，她说。还有这个。连家都没了。

哦，夫人。

我们要去得克萨斯的埃尔帕索。你知道我在埃尔帕索认得几个人吗？

不知道，夫人。

她把胳膊搭在车门上，抬起她的手，用拇指和食指比出一个O形。就这么多，她说。

哦，夫人。

她们在咖啡馆里坐下，行李放在周围，望着外面的雨，望着那些引擎正在空转的大巴。阴沉的天色变亮了。她看了看母亲。你想再要点咖啡吗？她问。

老妇人没有回答。

我猜,你不想说话。

我不知道有什么好说的。

好吧,我觉得我也没有。

不管是什么,你们做都做了。我实在不明白我为什么非要躲着警察。

咱们不是在躲警察,妈妈。

可你还是不能寻求他们的帮助,不是吗?

谁的帮助?

警察啊。

对。咱们不能。

我说的就是这个。

老妇人用大拇指调整了一下她的假牙,盯着窗户外面。过了一会儿,大巴进站了。司机把她的助行架放进巴士底部的行李仓,然后他们扶着她登上车门口的台阶,把她安置在最前面的座位上。我得了癌症,她对司机说。

卡拉·琼把她们的提包塞到头顶上方的行李架上,坐下来。老妇人看都不看她。三年前,她说。做梦都想不到会有这么一天。一点预兆都没有。我也不是自夸。是个人都会这么说。

好啦，我也没有问你啊。

老妇人摇了摇头。看向车窗外面，她们坐过的那张桌子。我也不是自夸，她说。在这个世界上除了我，不会再有人这么说你了。

齐格把车停在街对面，关掉引擎。他关掉车灯，坐在车里，盯着那幢黑乎乎的房子。收音机上的绿色数码屏显示时间是一点十七分。他一直坐到一点二十二分，从手套箱里拿出手电筒，下了车，关上车门，横穿过街道，向那幢房子走去。

他拉开纱门，撞掉锁心，走进去，带上门，站住听了听。有一道亮光从厨房里照出来，他顺着过道往里走，一手拿着手电筒，一手提着霰弹枪。走到厨房门口，他停下，又听了听。亮光来自房后游廊上的一只没有灯罩的电灯泡。他径直走进厨房。

厨房当中摆着一张空空的镀铬富美家吧台桌，上面只有一个麦片盒子。厨房窗户的影子落在油毡地板上。他走到厨房最里面，拉开冰箱门，看了看。他把霰弹枪夹在胳膊弯里，拿出一罐橘子汽水，用食指打开，站在那儿，一边喝，一边留意听着拉开易拉罐的动静可能引起的任何声响。他喝够了，把剩下半罐的易拉罐放在桌上，关上冰箱门，穿过餐厅，走进起居室，坐在一把放在墙角的安乐椅上，望着外面的街道。

过了一会儿，他站起身，穿过房间，走上楼梯。他站在楼梯井的顶部，听了听动静。他走进老妇人的房间，立刻就嗅到病人身上那种甜腻腻的霉臭味，所以有那么一瞬间，他觉得老妇人说不定就躺在那张床上。他拧亮手电筒，走进卫生间。他站在那儿，看了看梳妆台上那些药瓶的标签。他向外看了看窗户下面的街道，冬天街灯的亮光显得格外阴沉。凌晨两点钟。干燥。寒冷。寂静。他走出来，穿过走廊，来到房子后面的一间小卧室。

他把她写字桌抽屉里的东西全部倒在床上，坐在床边挑拣着，时不时举起一件东西，就着院子里电灯照进来的浅蓝色亮光研究一番。一把塑料发刷。一只从露天市场买来的廉价手镯。他用手掂量着这些物件，仿佛这是一种媒介，可以由此推测出关于物主的一些情况。他坐在那儿，翻看着一本相簿。学校里的朋友。家人。一条狗。一座房子，但不是这座。一个可能是她父亲的男人。他抽出她的两张照片，装进自己的衬衣口袋。

头顶上方有一个吊扇。他站起身，拉了拉开关绳，他躺在床上，霰弹枪放在身边，看着吊扇的木制叶片映着从窗户那边洒进来的亮光缓慢地旋转。过了一会儿，他起身从摆在墙角的桌子那里拖了一只椅子，把椅背斜抵在球形门把手的下面。随后，他又坐到床上，脱掉靴子，伸展四肢躺下，睡着了。

早上，他又在房子里转了一圈，上楼，下楼，回到过道尽头的卫生间，洗了个澡。他没有把浴帘拉上，水溅到了地板上。卫生间的门敞开着，那支霰弹枪放在离他只有一步的梳妆台上。

他把衣服放在腿上，用吹风机吹干，刮了刮胡须，穿上衣服，走到厨房，吃了一碗牛奶麦片，边吃边在房子穿行。到了起居室，他停下来，看了看丢在前门黄铜投信口下面地板上的信件。他站在原地，慢慢咀嚼着。随后，他把碗和汤勺放在咖啡桌上，穿过起居室，俯下身，捡起那些信件，站着翻检起来。他在门边的一把椅子上坐下，拆开电话账单，把封口撑开，往里面吹了口气。

他浏览了一下通话记录。单子中间有一个来自特勒尔县警长办公室的电话。他把电话账单折起来，放回那个信封，然后把信封塞进衬衣口袋。接着，他又把剩下的信件看了一遍。他站起身，走进厨房，从桌上拿起那支霰弹枪，又走回来，站在他先前站的地方。他走到一个廉价的红木写字桌前面，拉开最

233

上面的抽屉。抽屉里塞满了信件。他把霰弹枪放下，坐在椅子上，把信件全拿出来堆在桌上，开始一封一封地翻看起来。

莫斯整个白天都在县城边上的一家廉价汽车旅馆里睡觉，光着身子躺在床上，新衣服挂在衣橱里的铁丝衣架上。他醒来时，旅馆院子里的阴影已经拉得很长了，他挣扎着起来，坐在床沿上。一片淡淡的、巴掌大的血印留在床单上。床头柜上放着一个纸袋，装着他从县城一家药房买来的东西，他拎起那个纸袋，蹒跚着走进卫生间。五天来，他第一次冲了个澡，刮了胡须，刷了牙，接着，他坐在浴缸边上，用新纱布包扎好伤口。之后，他穿上衣服，打电话叫了一辆出租车。

出租车到时，他正站在旅馆接待处前面。他爬到后座上，喘匀了气，然后伸手拉上车门。他从后视镜里打量着司机的脸。你想赚点钱吗？他说。

当然。我想赚钱。

莫斯掏出五张一百元的美钞，把它们撕成两半，把其中一半从司机的椅背上面递过去。司机数了数撕成一半的美钞，装进自己的衬衣口袋，从镜子里看了看莫斯，等着他说话。

你叫什么名字？

保罗，司机说。

你的态度不错，保罗。我不会让你搅进麻烦的。我只希望你别在我不想被放下的地方丢下我。

没问题。

你有手电筒吗？

有。我有一把手电筒。

递给我。

司机把手电筒递到后面。

干得好，莫斯说。

咱们要去哪儿。

去河边那条路。

要是去接人，我可不干。

咱们不是去接什么人。

司机从镜子里看着他。毒品也不行，他说。

不是毒品。

司机等着他往下说。

我去取一个皮箱。是我的。你想的话到时候可以打开看看。没有任何非法的东西。

我可以打开看看。

当然，你可以。

但愿你不是在耍我。

不会的。

我喜欢钱，但我更喜欢待在监狱外面。

我自己也是这样，莫斯说。

他们沿着公路慢慢地向大桥那边开去。莫斯趴在前面车座的靠背上。我希望你把车停在大桥下面，他说。

好的。

我得把这个顶灯里的灯泡拧下来。

这条路二十四小时都有监控，司机说。

我知道。

司机把车停到路边，关掉引擎和车灯，从镜子里看着莫斯。莫斯把顶灯的灯泡取了下来，放在塑料灯罩里，越过座位递给司机，然后打开车门。我用不了几分钟就回来，他说。

那些芦蔗上面沾满了灰尘，芦秆生得密密麻麻。莫斯小心翼翼地从芦蔗丛中挤过去，手电筒拿在膝部，手掌半遮着灯口。

那个皮箱在矮树丛里直立着，完好无损，仿佛是有人刻意放在那儿的。他关掉手电筒，提起皮箱，盯着头顶上方的大桥桥孔，摸着黑往回走去。他走到出租车旁，拉开车门，把皮箱放在座位上，小心翼翼地上了车，关上车门。他把手电筒还给司机，向后靠在座位上。走吧，他说。

皮箱里是什么，司机说。

钱。

钱？

钱。

司机发动引擎，开上公路。

把车灯打开，莫斯说。

他打开车灯。

多少钱？

很多钱。你把我送到圣安东尼奥要多少钱。

司机想了想。你是说除了那五百美元。

对。

总共一千块怎么样。

全都算上。

对。

成交。

司机点了点头。那我手里这五百美元的另一半呢。

莫斯从口袋里掏出那些半张钞票，从车座上面递了过去。

要是移民警察拦住咱们怎么办。

他们不会拦咱们的，莫斯说。

你怎么知道？

这一路上还有的是破事儿等着我处理呢。这点小事绝对难不倒我。

但愿你是对的。

相信我吧，莫斯说。

我最不喜欢听到这句话，司机说。真的不喜欢。

你以前说过这句话吗？

当然。我说过。所以我才知道它什么用都没有。

当夜，他住在了小镇西面90号公路边上的一家罗德威旅馆，第二天早上，他下楼去拿了一份报纸，然后又费劲地回到他的房间。他没法从经销商那里买枪，因为他没有身份证，但是他可以通过报纸买到一支，他确实买到了。一支 Tec-9 冲锋枪，两个特制弹匣与一盒半子弹。卖家把枪送到他的房间门口，他付了现金。他把枪拿在手上翻看。做过磷化防锈，泛着绿色。半自动的。你最后一次用它开火是什么时候？他问。

我从没用它开过火。

你肯定它能开火吗？

为什么不能？

我哪儿知道。

那我也不知道。

那人离开后，莫斯走出房间，来到旅馆后面的林中空地，胳膊下面夹着一只旅馆里的枕头，他用枕头捂住枪口，开了三枪，然后站在寒冷的阳光下，看着羽毛飘过那片灰蒙蒙的灌木丛，同时想着他的人生，已经过去和即将来临的事情。之后，他转过身，慢慢地走回旅馆，那只有着焦黑弹孔的枕头被丢在了地上。

他在大堂里休息了一下，然后爬上楼梯，回到他的房间。他在浴缸里洗了个澡，然后照着卫生间的镜子看了看他后背靠下那里的伤口。看起来非常狰狞。两个弹孔里都插着排脓管，他想把它们拔出来，但还是没有拔。他把胳膊上的护创贴拉开，看了看子弹在那里划出的深沟，然后用胶带把它重新粘好。他穿上衣服，往牛仔裤后袋里又塞了一些钞票。他把手枪和弹匣全都放进皮箱，合上箱盖，叫了一辆出租车，然后提起皮箱，走出房间，下了楼梯。

在北百老汇街上的一个停车场，他买了一辆一九七八年出品的福特皮卡，四轮驱动、460马力，他付了现金，在办公室拿到所有权证,把它放进手套箱,开走了。他把车开回那家旅馆,结了账,随即离去,那把Tec-9放在座位下面,那个皮箱和他装衣服的提包则放在副驾下面的踏垫上。

在通往伯尼的高速公路入口匝道,有个姑娘正等着搭便车。莫斯把车停到路边,揿了揿喇叭,从后视镜里看着她。她跑了过来,蓝色尼龙旅行背包挎在一侧的肩膀上。她爬上卡车,看着他。十五六岁的样子。红头发。你最远要去哪儿?她说。

你会开车吗?

当然。我会开。不会没有手动挡吧?

有。下车,绕到这边来。

她把背包放在副驾上,下了车,从前面绕过来。莫斯把那个背包推到踏垫上,然后慢慢地挪了过去。她上了车,发动,驶上了州际公路。

你多大了?

十八。

胡扯。你跑出来干什么?不知道搭便车很危险吗?

哼,我当然知道。

他摘下帽子,放在身旁,接着往后一靠,闭上眼睛。不要超速,他说。要是你害得咱们被警察拦住,你和我可都得吃不了兜着走。

没问题。

我是认真的。你要是超速,我就立马把你踹到路边去。

好啦。

他想睡一会儿,可是睡不着。伤口痛得厉害。没过一会儿,他坐起身,从座位上拿起帽子,戴上,看了看时速表。

能问你个事儿吗?她说。

问吧。

你是通缉犯吗?

莫斯在座位上挪了挪,让自己坐得舒服一点,看了看她,又看了看车外的公路。你怎么会问这种问题?

因为你刚才说过的那些话。被警察拦下来之类的。

如果我是呢?

那我想我应该立马下车。

你可没这么想。你只是想知道自己的处境。

她用眼角余光看了看他。莫斯看着车外闪过的乡野。要是你跟我混上三天,他说,我说不定会带着你去抢加油站。可别要什么花招。

她冲他摆出一个似笑非笑的滑稽表情。你就是干这个的?

她说。抢加油站？

不是，我不是非干这个不可。你饿吗？

我还好。

上顿饭是什么时候吃的。

我不喜欢别人一上来就问我上顿饭是什么时候吃的。

好吧。那到底是什么时候吃的？

从我上车那一刻起，我就知道你是个自以为是的家伙。

没错。下一个路口就下高速。应该还有四英里。另外，把座位下面的机枪递给我。

贝尔开着车缓缓地驶过拦畜沟栅，从车上下来，关上大门，又回到卡车上，开过牧场，把车停在水井旁边，从车上下来，走到蓄水池那里。他把手伸进水里，掬起满满一捧，又让它流走。他摘下帽子，用湿手捋捋头发，抬头望了望风车。他望着那些黑乎乎的椭圆形叶片在被风吹得倒伏的枯草丛上缓缓地转动。他的脚下有一个低矮的木制小脚轮。他就站在那儿，把帽檐在他的手指间慢慢地转了转。一个人刚埋完什么东西时的站姿可能就是这样。我真的是什么都他妈的不知道啊，他说。

到家的时候，她已经把晚饭准备好了。他把钥匙丢进厨房抽屉里的皮卡模型里,走到水槽前面洗了洗手。他的妻子把一张纸放在吧台桌上,他站在那儿看着它。

她有没有说她在哪儿?这个电话号码是得克萨斯西部的。

她只说了她是卡拉·琼,然后留了这个号码。

他走到餐具柜旁边,拨了电话。她和她的祖母住在埃尔帕索郊外的一家汽车旅馆。我需要你告诉我一些事情,她说。

没问题。

你的话靠得住吧?

当然,靠得住。

对我也是?

我得说,尤其是对你。

他可以从听筒里听到她的呼吸。还有远处车辆驶过的声音。

警长?

说吧,太太。

如果我告诉你他从什么地方打过电话,你能保证他不会受到任何伤害吗。

我可以保证他不会受到来自我的伤害。我可以做到这点。

过了一会儿,她说:那好吧。

那个家伙坐在一张用铰链连在墙上的小胶合板折叠桌前面，在便笺本上写完，摘下耳机，放在面前的桌上，两只手向后捋了捋脑袋两边的黑发。他转过身，向拖车房的尾部看去，那里，另外一个人正四仰八叉地躺在床上。准备好了吗？他说。

那个家伙坐起来，双腿一摆，踩到地板上。他在那儿坐了一分钟，然后站起身，走到前面来。

弄到啦？

弄到啦。

他从便笺本上撕下那页纸，递给他，他看了看，折起来，塞进自己的衬衣口袋。然后，他伸手打开厨房里的一个壁橱，拿出一支涂成迷彩色的冲锋枪和一对备用弹匣，推开门，向停车场走去，顺手关上房门。他穿过铺石路面，走到一辆黑色的普利茅斯梭鱼车旁边，拉开车门，把那支冲锋枪扔到另一边的车座上，俯身钻进去，关上车门，发动引擎。他让节气阀响了两声，然后把车开上沥青路面，打开车灯，换到二挡，大个的后轮胎受力，摆了摆尾，轮胎嘎吱作响，冲上了公路，身后留下一股橡胶味的烟雾。

# 8

过去这几年,我失去了很多朋友。也并不都是比我年纪大的人。让你意识到自己正在变老的事情之一就是,并非人人都能和你一样变老。你竭尽全力去帮助那些付薪水给你的人们,当然你也免不了会想到,自己离开时会留下怎样的记录。在过去的四十一年当中,这个县不曾有一件凶杀案是没有破案的。而现在,仅仅一个星期就发生了九起。这些案子能被侦破吗?我是不知道。每一天的情况都在变坏。你没有多少时间了。我不知道因为给一帮贩毒分子定罪而出名算不算是一种荣誉。而不是说评价我们这件事本身有多难。你说他们不尊重法律?差得远了。他们根本不会把法律放在眼里。就好像法律跟他们毫无关系。当然,就在不久之前,在圣安东尼奥,他们开枪干掉了一名联邦法官。我猜,那个法官跟他们肯定是有勾结。而且,在这条国境线上，有些治安官靠毒品发了大财。知道这样的事情总是让人痛心。也说不定只有我是这样。换成十年前，我肯定不会相信这是真的。一个贪赃枉法的治安官就是个该死的混蛋。你只能这么说。这种家伙比犯罪分子要坏十倍。而且这种事永远也不会消失。这是我唯一能确定的事。这种事永远不会消失。谁知道以后会怎么样呢？

虽然听上去可能很愚蠢，但是我想，对我来说最糟糕的事情就是知道我之所以还活着，很可能只是因为他们根本没把我放在眼里。这种想法令人极其痛苦。极其痛苦。就在几年前，这种事情你还想都想不出来。前不久，警方在普雷西迪奥县那边发现了一架道格拉斯DC-4飞机。就停在沙漠里。毒贩在一天夜里到了那里，弄出一个类似降落跑道的斜坡，布置了两排用来照明的柏油桶，但是你根本没办法让那玩意儿从那里再飞回去。那帮家伙就把它拆了个精光。里面只剩下一个飞行员的座椅。你可以闻到大麻的味道，根本不需要警犬去闻。那里的警长呢——我不想说出他的名字——他本来想做好准备，等那帮毒贩回来弄那架飞机的时候，把他们一网打尽，直到有人告诉他，根本没有毒贩会回到那里。从来都没有过。后来那位警长终于明白了他们说的是怎么回事，才真的无话可说了，他当时就转过身，钻进车里，走了。

当毒贩们正在边境打仗时，你在什么地方都别想买到半夸脱容量的金属盖玻璃罐。就是放蜜饯之类的那种。放酸菜的。一个都买不到。原因是他们把那些玻璃罐全买去装手榴弹了。如果你驾驶飞机飞过什么人的房子或是院子，把手榴弹丢下去，它们就会在落地之前爆炸。所以，他们要干的就是拔掉手榴弹上的保险栓，塞进罐子里，再拧上盖子。这样，只要玻璃罐一砸到地上，玻璃就会破碎，释放保险握片。手柄。他们会提前装上好几箱这种东西。实在难以置信，有人会在夜里开着一架装着这种东西的小飞机到处飞，可是那帮家伙就是这么干的。

我想，如果你是撒旦，在到处寻找某种能使人类屈服的方法，那你想到的很可能就是毒品。说不定他就是这么干的。有天早上吃早餐的时候，我把这个想法说给别人听，他们就问我是不是真的相信撒旦存在。我回答说，得啦，这可不是问题的关键。他们就说，我知道，可你是信还是不信呢？我只好认真想了想。我觉得，小时候我还是相信的。步入中年后，我想我就变得不怎么相信了。但是现在，我又开始回到早年的状态了。毕竟，他的存在解释了很多否则根本没法解释的事。也可能是对我来说没法解释的事吧。

莫斯先把皮箱放进包间，然后缓缓地坐到座位上。他从金属架上拿起菜单，旁边放着芥末和番茄酱。她则轻快地跳到他对面，坐下。他没有抬头看她。你吃什么，他说。

不知道。我还没看菜单呢。

他把菜单转过来，推到她面前，然后扭过头去看女服务员在哪儿。

你是干什么的？那个女孩说。

我想吃什么吗？

不是。你是干什么的。你是个名人吗？

他打量了她一会儿。就算我的朋友中有人认识个把名人，那也不会是我。

那我就是你的旅伴了。

旅伴。

对。

好吧，你现在是了。

你受伤了，是不是？

你怎么会这么说？

你都快连路都走不了了。

可能是战争留下的旧伤。

我觉得不是。你出什么事了？

你是说最近？

对。最近。

你不需要知道。

为什么？

我可不想让你对我感兴趣。

你怎么知道我就会感兴趣呢？

因为坏女孩喜欢坏男人。你打算吃点什么？

还不知道。你到底干了什么？

三个星期前，我是一个遵纪守法的公民。干着一份朝九晚五的工作。偶尔也会朝八晚四，反正都差不多。事情就那么发生了。不会先跟你打招呼。也不征求你的同意。

可算听到一句真话,她说。

你要是跟我混在一起,我会慢慢告诉你的。

你认为我是个坏女孩?

我看你是很想成为那种女孩。

公文箱里装的是什么啊?

公文呗。

到底是什么。

我可以告诉你,但那样我就得弄死你。

你不该带着枪支到公共场所来。你不知道吗?特别是那样的枪。

那我问你。

问吧。

要是遇上了枪战,你是愿意带着武器呢,还是遵纪守法呢?

我可不想碰上什么枪战。

不,你想。你脸上写得一清二楚。你只是不想被子弹打中。你要吃什么?

你呢?

芝士汉堡跟一杯巧克力牛奶。

女服务员走过来,他们点了吃的。她要了热的牛肉三明治、土豆泥和肉汁。你都没问过我要去哪儿,她说。

我知道你要去哪儿。

那我要去哪儿。

沿着公路走下去。

等于没有回答。

比回答有意思。

你并不是什么都知道。

没错,我不是。

你杀过人吗?

当然,他说。你呢?

她显得有些尴尬。你知道我从来没有杀过人。

这我可不知道。

反正我没有杀过。

好啊,你没有。

你也没有。是吧?

没有什么。

我刚才说的事儿。

杀人?

她环顾四周,想看看有没有人在偷听他们的谈话。

对,她说。

很难说。

过了一会儿,女服务员给他们端上盘子。他咬开一袋蛋黄酱的角,挤在芝士汉堡上,又伸手拿过番茄酱。你是什么地方的?他说。

她喝了一口她的冰茶,用餐巾纸抹了抹嘴。阿瑟港,她说。

他点点头,用双手拿起芝士汉堡,咬了一口,一边嚼一边往后靠了靠。我从来没去过阿瑟港。

我也没在那儿见过你。

要是我从来没去过那儿,你又怎么可能在那儿见过我呢?

是不可能啊。我说的就是我没见过。我同意你的说法啊。

莫斯摇了摇头。

他们吃着东西。他看着她。

我看你八成是要去加利福尼亚。

你是怎么知道的?

你搭的就是去那个方向的便车啊。

对,我就是要去那儿。

你带钱了吗?

关你什么事吗?

不关我事。你带了吗？

带了一点。

他吃完那个芝士汉堡，用餐巾纸擦了擦手，将剩下的牛奶喝完。然后，他把手伸进自己的口袋，掏出一卷百元美钞，把它们展开。他在富美家桌面上点出一千美元，推到她面前，再把剩下的钞票卷起来，装回自己的口袋。咱们走吧，他说。

这钱是干什么的？

去加利福尼亚的。

那你需要我做什么呢？

你不用做什么。瞎猫也有碰上死耗子的时候啊。[1] 把钱拿上，咱们要动身了。

他们付了账，走出餐馆，向那辆卡车走去。你刚才不是说我是瞎猫吧？

莫斯没有理会她。把钥匙给我，他说。

她从口袋里掏出钥匙，递过来。我还以为你已经忘了钥匙在我这儿呢，她说。

我才不会忘呢。

---

[1] Even a blind sow finds a acorn ever once in a while. 瞎母猪也有可能碰巧找到橡子。

我刚才完全可以假装去厕所,然后悄悄地溜出去,开走你的卡车,把你丢在这里。

你不会的。

为什么不会?

上车吧。

他们上了车,他把皮箱放在他们中间,从腰带上拔出那支Tec-9,塞到座位下面。

为什么不会?她说。

别老那么傻。首先,从餐馆的前门,我能清楚地看见停车场上的这辆车。其次,就算我是个蠢货,背对屋门坐着,我也可以叫一辆出租车,追上你,让你把车停到路边,把你揍得屁滚尿流,丢下你一人躺在那儿,扬长而去。

她不吭声了。他则把钥匙插进点火器,发动卡车,倒出了停车场。

你真的会那么做吗?

你觉得呢?

他们开到达范霍恩时,已经是晚上七点钟了。路上大部分时间她都在睡觉,全身蜷缩着,用她的背包当枕头。他把车停在一家廉价的汽车餐馆门口,刚一关掉引擎,她的眼睛就像鹿一样扑闪着睁开了。她坐直身子,看了看他,然后看了看外面的停车场。咱们到哪儿了?她问道。

范霍恩。你饿吗?

我可以吃一点。

想来点柴油炸鸡吗?

什么?

他指了指头顶上的招牌。

我从来没吃过那种东西,她说。

她在女厕所待了很长时间。出来之后,她问他是不是已经点好餐了。

点好了。我还给你点了份那个炸鸡。

你不会的,她说。

他们点了牛排。你一直都是这样生活的吗?她问。

当然啦。如果你是一流的亡命之徒,那你想去哪儿就去哪儿。

那条项链上挂的是什么?

这个?

对。

从野猪嘴里拔下来的一颗大牙。

你戴着它干吗？

这不是我的。我只是替别人保管。

一位女士？

不。一个已经死了的家伙。

牛排上来了。他看着她吃。有人知道你在哪儿吗？他问。

什么？

我说有没有人知道你在哪儿。

比如说谁？

随便谁。

你。

我才不知道你在哪儿呢，我连你是谁都不知道。

好吧，我也是。

你也不知道自己是谁？

不是啦，傻子。我是说不知道你是谁。

呃，那咱们就这么保持下去，省得一不小心告诉别人。好不好？

好啊。那你为什么要问我那个问题？

莫斯蘸着牛肉汁吃完半个面包卷。我只是想确认一下。对你来说可能无所谓。但对我来说，却是必要的。

为什么？因为有人在追杀你？

可能吧。

我喜欢这样，她说。你说的没错。

要体会到这点并不需要很长时间，不是吗？

对，她说。用不了多久。

呃，事情并不像说起来那么简单。到时候你就明白了。

那为什么。

总会有一些人知道你在哪儿。知道你在什么地方，你为什么在那儿。绝大部分情况下都是这样。

你是说上帝？

不是。我说的是你。

她吃了口牛排。得啦，她说。要是连你都不知道自己在哪儿，那你可就麻烦了。

这可不好说。你真这么认为吗？

我也说不准。

假设你在一个你自己都不知道是哪里的地方。其实是你不知道别的地方在哪里。离你有多远。所以无论你在哪儿，都不会改变任何事情。

她想了想。我还是尽量不去想这种事儿吧，她说。

你以为等你到了加利福尼亚，差不多就可以重新开始了。

我希望是这样。

我看这可能就是问题的关键。有一条路是通往加利福尼亚的，有一条是回来的。但是，最好的方式就是直接出现在那里。

直接出现在那里？

对。

你的意思是说在不知道怎么去到那里的情况下？

对。不知道是怎么到的。

我不知道你要怎么才能做到这点。

我也不知道。这就是问题的关键。

她吃了口牛排，又往周围看了看。我能要杯咖啡吗？她问。

你想点什么都可以。你有钱。

她看着他。我觉得我没搞清楚问题的关键到底是什么，她说。

问题的关键就是没有关键。

不。我是指你刚才说的那些话。知不知道自己在哪儿的那些话。

他盯着她看了一会儿，然后说道：不是知不知道自己在哪儿。而是得想想为什么你什么都没带就到了那里。你那些从头再来的念头。或者随便什么人的念头。你根本做不到从头再来。这就是问题的关键。你走过的每一步都是永恒的。你根本没法让它消失掉。一步都不行。你明白我的意思吗?

我觉得明白吧。

我知道你根本就不明白,我还是再说一遍吧。你以为,早上醒来的时候,昨天的一切就不重要了。但只有昨天才是重要的。否则还有什么?你的人生就是由一个个昨天构成的。而不是别的。你可能会想,你可以跑掉,改名换姓,诸如此类。从头再来。然后,会有一天早上,你醒了过来,看着天花板,心想:躺在这儿的这个人是谁啊?

她点了点头。

你明白我的意思了吗?

明白。躺在那儿的是我。

没错,我知道你能明白。

那么你后悔变成逃犯了吗?

后悔我没能早点变成。你吃好了吗?

他从汽车旅馆接待处出来,递给她一把钥匙。

这是什么?

你的房门钥匙。

她拿在手里掂了掂,看着他。好吧,她说。听你的。

当然。

我看你是怕我会偷看那个箱子里装的是啥吧。

不是这样的。

他发动卡车,停到旅馆接待处后面的停车场。

你是个同性恋?她说。

我?是啊。我是个蠢同性恋。

看上去可不像。

是吗?你认识很多同性恋吗?

我是说你的做派可不像。

得啦,亲爱的,你对同性恋究竟有什么了解?

不知道。

再说一遍。

什么?

再说一遍。不知道。

不知道。

很好。你得多练练。听你说这句话的感觉真好。

待了一阵子,他离开房间,开车去了一趟便利店。等开着车又回到旅馆时,他坐在车里,又观察了一会儿停车场上的那些汽车。然后他才下了车。

他走到她的房间门口,敲了敲门。等了一会儿。他又敲了敲。他看见窗帘动了动,接着她开了门。她还穿着那身牛仔裤和T恤衫,站在门口。就像刚刚睡醒似的。

我知道你还没有到可以喝酒的年龄,不过,我想我得问问你要不要喝点啤酒。

好啊,她说。我要喝。

他从褐色纸袋里拎出一瓶冰镇啤酒,递给她。拿去吧,他说。

他转身要走。她走出来,任由房门在身后关上。你用不着这么急着走,她说。

他在下面的台阶上停下脚步。

你那个袋子里还有啤酒吧?

没错。我还有两瓶。我准备把它们全喝了。

我只是想,也许你可以坐在这儿,陪着我喝上一瓶。

他斜着眼看了看她。你注意过吗,要让女人接受"不"还真是挺难的。可能从女人三岁起就开始了。

那男人呢?

他们习惯了。要好一点。

我保证什么话都不说。我就在这儿坐一会儿。

你什么话都不说。

对。

那你就是在说瞎话。

好吧,我尽量什么话都不说。我会一声不吭的。

他在台阶上坐下,从纸袋里拎出一瓶啤酒,拧下瓶盖,拿起酒瓶喝了起来。她在上面的台阶坐下,也照着他的样子喝了起来。

你很爱睡觉?他问。

我一有机会就睡。是的。你呢?

我差不多有两个星期都没睡过整宿的觉了。我都不知道睡觉是什么感觉了。我想这开始让我变傻了。

我觉得你一点都不傻。

得啦,你自己要这么觉得而已。

什么意思?

没什么。我只是开个玩笑。我不瞎说了。

你那个皮箱里装的不会是毒品吧?

不是。怎么?你吸毒啊?

要是你有大麻的话，我倒愿意来上一支。

呃，我没有。

没关系。

莫斯摇摇头。喝了口啤酒。

我的意思是，咱们能这样坐在这儿，喝喝啤酒，挺好的。

嗯，我很高兴听到你这么说。

你准备跑到哪儿去呀？你还没提过这事儿呢。

很难说。

不过，你不打算去加利福尼亚，对吧？

对，我是没这种打算。

我没想到会是这样。

我准备去埃尔帕索。

我还以为你根本不知道自己要去哪儿呢。

也许我是刚刚决定的。

我可不这么觉得。

莫斯没有应声。

坐在这儿真好，她说。

我想这得看你平常都坐在什么地方。

你不会是刚从监狱之类的地方出来的吧？

我刚从死牢里出来。为了把我送上电椅,他们把我的头发都剃光了。你可以看看,它们又开始长出来了。

你就会胡说八道。

不过,假如这是真的的话,一定会很好玩,对不对?

是不是警察正在抓你啊?

每个人都在抓我。

你到底干了什么?

我让好多年轻女孩搭我的便车,然后把她们埋在了沙漠里。

这可不好玩。

你说得对。是不好玩。我只是跟你开个玩笑。

你说过不再开玩笑了。

好吧。

你到底有没有说过实话啊?

当然。我当然说过实话。

你已经结婚了,是不是?

是啊。

你太太叫什么名字?

卡拉·琼。

她在埃尔帕索吗?

对。

她知道你是靠什么谋生吗？

当然。她知道。我是个焊工。

她注视着他。想看看他还会说些什么。但他没再说什么。

你根本不是什么焊工，她说。

为什么不是？

那你带着那把机枪干什么？

因为有一些坏人正在追杀我。

你怎么惹到他们了？

我拿走了原本属于他们的东西，他们想拿回去。

这听上去可不像是焊工干的活。

不像，对吧？我想连我自己都没想到。

他呷了一口啤酒。用大拇指和食指捏着酒瓶的细颈。

就是那个皮箱里的东西。对吧？

难说。

你是偷保险箱的吗？

偷保险箱的？

对啊。

你怎么会产生这种想法？

不知道。你是吗？

不是。

那你肯定是个人物。不是吗？

每个人都是人物啊。

你去过加利福尼亚吗？

当然。我去过加利福尼亚。我有一个兄弟住在那儿。

他喜欢那儿吗？

不知道。他住在那儿。

不过，你是不会住在那儿的，对吧？

对。

那你觉得那儿是我应该去的地方吗？

他看了看她，又看向别处。他在混凝土台阶上伸直双腿，两只靴子搭在一起，视线越过停车场，望向公路和路灯。亲爱的，他说，我怎么可能知道你应该去哪儿呢？

也是。好吧，我很感谢你送给我那些钱。

不用谢。

你没必要那么做的。

我还以为你不会提起这件事呢。

好的。那笔钱可不算少。

没你想得那么多。你到时候就知道了。

我肯定不会乱花。我需要用钱给自己找个住的地方。

你会找到的。

但愿吧。

最适合加州的生活方式就是从别的地方搬过去。说不定最好是从火星上搬过去。

我可不希望那样。毕竟我又不是什么火星人。

你会如愿的。

可以问你件事儿吗?

可以。问吧。

你多大岁数?

三十六。

还真是不年轻了。我没想到你有这么老。

我知道。有时候连我自己都觉得惊讶呢。

我老觉得自己应该害怕你,可我确实没怕。

哦。这我可给不了你什么建议。人们总是急着逃离自己的母亲,跑去搂死神的脖子。他们都等不及去找死啊。

我看你就是这么看我的。

我根本不想知道你要干什么。

要是今天早上没有遇见你，真不知道这会儿我正在什么地方呢。

我也不知道。

我总是很幸运。就像这种情况。总是遇到好人。

嗯，我可不会这么早就下定论。

为什么？你真准备把我埋进沙漠里啊？

不会。但世界上有的是倒霉事等在那儿。只要你混的时间够长，早晚会撞上属于你的那份儿。

我觉得我早就撞上过了。我相信自己该转运了。说不定我的好运还是来得太晚了呢。

是吗？我可不这么觉得。

为什么这么觉得啊？

他看了看她。实话跟你说吧，小妹妹。假如这个星球上真有什么运气，你看上去也不像是它会找上的那种人。

你这么说真是可恶。

不，并不可恶。我只是要你小心点儿。等咱们到了埃尔帕索，我会把你放到巴士车站。你有钱了。没必要再跑出去搭便车。

好吧。

好吧。

要是我真的把你的卡车开走了,你真的会像之前说的那么做吗?

怎么做?

你知道的。把我揍得屁滚尿流的那些话。

不会。

我也觉得不会。

你想跟我分剩下的这瓶啤酒吗?

好呀。

那你快回屋去拿个杯子。我过一分钟再过来。

没问题。你没有改变想法,对吧?

什么想法?

你知道的。

我没有改变想法。我喜欢从一开始就把事情搞对。

他站起身,沿着人行道走去。她站在门口。我想跟你说一句台词,是我以前从一部电影里听到的,她说。

他停住脚步,转过身来。什么台词?

附近还有不少可心的售货员,你说不定可以买点什么。

哦,亲爱的,你刚好来晚了一步。因为我已经买到想要的了。我只想好好守着它。

他沿着人行道继续往前走去，然后登上台阶，走进房间。

那辆梭鱼车开进巴尔默雷郊外一家汽车餐厅，直接驶入旁边的洗车间。司机从车里出来，关上车门，看了看车子。窗玻璃和引擎盖上沾着一道道的血迹和别的东西，他走到外面，从一台零钱兑换机那儿换了一些两角五分的硬币，又走回来，把硬币塞进投币孔，然后从架子上取下喷水管，开始洗车，把脏东西冲掉，回到车上，倒出洗车间，开上公路，向西驶去。

贝尔七点半离开家，上了285号公路，向北驶向斯托克顿堡。到范霍恩是一段大约两百英里的路程，他想他可以在三个小时内开到那里。他打开车顶上的警灯。在斯托克顿堡西面大约十英里的I-10号州际公路上，他路过一辆正在路边燃烧的轿车。现场有几辆警车，那段公路上的一条车道被封锁了。他没有停车，但是那场景使他产生了一种不安的感觉。他在巴尔默雷停了片刻，加满他的咖啡壶，十点二十五分，他抵达了范霍恩。

他不知道自己在找什么，但也无需他费劲去找。在一家汽车旅馆的停车场，停着两辆克伯森县的警车和一辆州警察局的警车,警灯全都亮着。那家汽车旅馆已经被黄色警戒线围起来了。他把车开进去，停下，但没有关掉车上的警灯。

那个副警长不认识他，但是那个警长认识。他们正在询问一个男子，那个男子只穿着衬衣，坐在其中一辆警车敞开的后门里面。真他妈的是坏事传千里啊，那位警长说。你到这儿来有何贵干，警长？

出什么事了，马文？

一场小型枪战。你知道这事吗？

不知道。有人死了吗？

大约半个小时之前救护车把人运走了。两男一女。那个女的已经死了，有个小伙子，我看也熬不了多久了。另一个估计能熬过去。

知道他们都是谁吗？

不知道。有个男的是墨西哥人，我们正在等他停在那边的汽车的登记材料。这俩家伙没有一个有身份证。不管是身上还是房间里。

这个人都说了些什么？

他说，是那个墨西哥佬引发的枪战。说，墨西哥佬把那个女人拖出她的房间，另外那个男子拿着一支枪走了出来，但是

271

他一看见墨西哥佬拿枪指着那个女人的脑袋,就立刻把自己的枪放了下去。就在他这么做的时候,墨西哥佬一把推开那个女人,对她开了一枪,随即又转身向他开了枪。墨西哥佬当时站在117号房间前面,就在那边。用一挺该死的机枪向他们扫射。据这个目击证人所说,那个男的倒在了台阶上,但随即又捡起他的枪,向那个墨西哥佬开了火。我不知道他是怎么做到的。他都被子弹打烂了。你可以看见那边过道上的血。我们的反应真的不慢。我想,大约七分钟吧。当时那个姑娘已经死了。

没有身份证。

没有身份证。不过,那个男子的卡车里倒是有经销商的标牌。

贝尔点点头。他看了看那个目击证人。那人要了一根香烟,点燃,坐着抽了起来。一副轻松自在的模样。仿佛枪战发生前他就已经坐在警车后座上了。

那个女的,贝尔说。她是北欧裔的吗?

没错。是北欧裔的。一头金发。有可能还稍微带点红色。

你们有没有发现毒品?

还没有。我们还在搜查。

钱呢?

我们还没有什么发现。那个姑娘登记的是 121 号房间。房间里有一个旅行背包，里面装着一些衣服，全是些零碎。

贝尔向汽车旅馆的那排房门望了望。人们一小撮一小撮地站在那里议论着。他把目光投向那辆黑色梭鱼车。

那玩意儿是什么驱动的？

我得说，它的驱动棒极了。引擎盖下面是一台 440 马力的引擎，还加装了增压器。

增压器？

是啊。

没见着啊。

是内置增压器。全都在引擎盖下面。

贝尔站在那儿望着那辆轿车。随后，他转过身来，看了看那个警长。你能从这儿离开一会儿吗？

可以。你打算干什么？

我只是想，也许可以请你跟我一起去一趟医院。

没问题。那就坐我的车过去吧。

也好。我先去把我的警车停好。

见鬼，就停那儿吧，不碍事儿，埃德·汤姆。

至少别把路挡住。一旦离开某个地方，你就很难保证要过多久才能回来了。

到了医院，那位警长在值班台前叫了一声夜班护士的名字。她看了看贝尔。

他到这儿来做个死尸辨认，那位警长说。

她点点头，站起身，把铅笔夹在她正在读的那本书里。有两个刚送到医院就不行了，她说。那个墨西哥人在大约二十分钟前被直升机接走了。可能你已经知道这事儿了吧。

没有人跟我说过这事儿，亲爱的，那位警长说。

他们跟着护士沿着走廊走去。混凝土地板上有一些模糊的血迹。看来，要找到他们并不难，对吧？贝尔说。

走廊尽头有一个红色的出口标志。还没有走到那里，她就转身把一把钥匙插在左边的一个铁门上，推开铁门，拧亮电灯。那个房间的四壁就是毛坯水泥墙，没有窗户，空空的，只有三张装着轮子的钢架床。其中两张上面躺着用塑料布盖着的尸体。她用后背抵着铁门，让他们一前一后进去。

他不会是你的朋友吧，埃德·汤姆？

不是。

他脸上中了好几枪，所以我想他的模样一定很糟糕。倒不是说我没有见过更糟的。那边的公路真他妈的是毒贩交火区，这点你算是说对了。

他把塑料布拉开。贝尔绕到那张钢架床的尾部。莫斯的脖子下面没有垫东西,他的头歪向一边。一只眼睛微微睁着。他看上去就像是一个躺在路边的亡命之徒。医院里的人已经用海绵擦去了他面部的血渍,但他脸上的几个弹孔清晰可见,牙齿也被子弹打掉了。

是他吗?

没错,是他。

你看上去似乎并不希望是他。

我得告诉他妻子呀。

这可真是遗憾。

贝尔点点头。

好啦,那位警长说。发生这种事儿,你也没有办法。

是啊,贝尔说。不过人总是觉得会有什么办法。

那位警长用塑料布把莫斯的脸盖住,伸手把另一张钢架床上的塑料布掀起来,看着贝尔。贝尔摇了摇头。

他们要了两个房间。也可能都是他要的。付的是现金。入住登记簿上的名字根本无法辨认。完全是乱画的。

他叫莫斯。

好吧。咱们得回警察局，把你知道的情况记录下来。这规矩可真叫人讨厌。

是啊。

他把那个姑娘的脸重新盖上。我想他老婆一定也无法接受这种事情，他说。

没错，我也没指望她能接受。

那位警长向护士看去。她仍然靠着房门站在原地。她中了多少枪？他说。你知道吗？

不，我不知道，警长。要是想知道，你可以掀开看看。我不介意，我知道她也不会。

没关系。尸检会搞清楚的。你准备好了吗，埃德·汤姆？

好了。我进来之前就准备好了。

他独自一人坐在那位警长的办公室里，门关着，盯着办公桌上的电话。最后，他起身走了出去。那位副警长抬起头来。

我想，他回家去了。

是的，长官，副警长说。我能帮你做点什么呢，警长？

这儿到埃尔帕索有多远？

差不多一百二十英里吧。

请你转告他，我很感谢，我会在早上打电话给他。

好的，长官。

他在县城的西边停下车，吃了顿饭，然后坐在餐馆隔间里，一边呷着咖啡，一边望着外面公路上的路灯。有什么地方不大对劲。他说不出是什么。他看了看手表。一点二十分。他付完账，走出餐馆，上了警车，坐在里面。之后，他把车开到十字路口，转向东边，又向那家汽车旅馆开了回去。

齐格在州际公路东行一侧的一家汽车旅馆办了入住，走出来，在黑暗中穿过一片有风的空地，隔着公路用一架双筒望远镜观察对面。跑长途的大型卡车在视野里闪现，又开走了。他脚后跟着地蹲在那儿，胳膊肘撑在膝盖上，观察着。之后，他又回到了那家汽车旅馆。

他把闹钟定到一点，闹钟一响，他就从床上起来，冲了个澡，穿上衣服，带着他的小皮包走出房间，来到他的卡车那里，把它放在后座上。

他把车停在汽车旅馆的停车场，在车里坐了一段时间。靠在座位上，用后视镜观察着外面。没有任何动静。那些警车早就开走了。拦在房门前面的黄色警戒带在风中飘动，几辆路过的卡车嗡鸣着驶往亚利桑那州和加利福尼亚州。他从车上下来，走到那个房门前面,用他的系簧枪把门锁撞出去,然后走进去,顺手带上了门。借着从窗户透进来的亮光,他可以把房间内部看得清清楚楚。细小的光束透过胶合板房门上的枪眼漏了进来。他把小床头柜拉到墙边,站上去,从身后的口袋里掏出一把螺丝刀,拧下通风管道格栅上的螺丝钉。接着他把格栅放到梳妆台上,把手伸进通风管道里,拉出那个皮箱,从床头柜上下来,走到窗户跟前,观察了一会儿外面的停车场。他从背后腰带下拔出手枪,拉开房门,走到外面,顺手带上门,从警戒带下面钻过去,走到他的车子跟前,上了车。

他把皮箱放在座位下面,正要伸手去转动插在点火器上的钥匙时,却发现那辆特勒尔县的警车开到了旅馆接待处前面的停车场,距离他只有一百英尺。他放开钥匙,向后一靠。那辆警车开进一个停车位,熄了车灯。接着是引擎。齐格等待着,手枪放在膝盖上。

贝尔一下车,就环顾了一下停车场,然后径直走到117号房门口,试着拧了拧球形门把手。房门没有上锁。他急忙弯腰从警戒带下面钻过去,推开房门,伸手去摸墙上的开关,打开电灯。

他第一眼看见的就是放在梳妆台上的格栅和螺丝钉。他反手关上房门，站了一会儿。他走到窗户旁边，透过窗帘边上的缝隙向外观察停车场。他在那儿观察了一段时间。没有发现任何东西移动。随后，他看见地板上有个东西，便走过去，捡起来，不过他早已知道那是什么了。把它拿在手里来回看了看。他走过去，坐在床上，掂了掂那个铜制的小玩意儿。随后，他把它倾斜着放进床头柜上面的烟灰缸里。他拿起话筒，可是电话线已经断了。他把话筒放回听筒架上，从手枪套里拔出手枪，打开保险盖，检查了一下弹膛里的子弹，然后用大拇指关上保险盖，把枪握在膝盖上，继续坐在那里。

你不能确定他就在外面，他自言自语道。

不，你确定。你在餐馆里的时候就知道了。你就是因为这个才回来的。

那你准备怎么办？

他起身走到门前，关掉电灯。门上有五个枪眼。他站在那儿，手里紧握着左轮手枪，大拇指按在翘起来的击锤上。随后，他拉开房门，走了出去。

他朝着警车走去。同时观察着停车场里的车辆。大部分都是皮卡。你能一眼看见枪口冒出的火光。毕竟不是第一回了。要是有人在监视你，你能觉察到吗？好多人都觉得能。他走到警车跟前，用左手拉开车门。圆形顶灯随即亮了。他钻进车里，关上车门，把手枪放在他旁边的座位上，掏出车钥匙，插进点火器，把车发动。然后，他把车倒出停车位，开亮车灯，掉头驶出了停车场。

到了从那家旅馆看不见的地方，他把车停到路边，从挂钩上取下对讲机，拨了那位警长办公室的电话。他们派了两辆车来。他挂好对讲机，给警车挂上空挡，让车沿着路边往后滑行，直到正好能看见那家汽车旅馆的招牌。他看了看手表。一点四十五分。那么再过七分钟就是一点五十二分。他等待着。汽车旅馆那边没有任何动静。到了一点五十二分，他看见他们沿着公路过来了，一前一后，响着警笛，闪着警灯，开上公路旁边的匝道。他紧盯着那家汽车旅馆。他下定决心，只要看到有车开出那个停车场，开到进入公路的路口，他就追上去。

两辆巡逻警车开进那家旅馆后，他才发动引擎，开亮车灯，掉了个头，逆行开了回来，驶进停车场，然后下了车。

他们拿着手电筒，提着枪，一辆辆地搜查停车场上的车，然后又走回来。贝尔是第一个返回来的，倚着他的警车站在那儿。他冲那些警察们点了点头。先生们，他说。我看咱们是被人家耍了。

他们把手枪装进枪套。他和领头的副警长走进那个房间，贝尔让他看了看那个门锁，那个通风管道和锁心。

警长，他是怎么做到的？副警长把锁心拿在手里，问道。

一言难尽，贝尔说。很抱歉让你们大伙白跑了一趟。

没关系，警长。

请转告你们警长，我会从埃尔帕索打电话给他。

好的，长官，我一定转告。

两个小时后，他在埃尔帕索东郊的罗德威旅馆办了入住手续，拿到钥匙，走进他的房间，上了床。像往常一样，他在早上六点钟醒来，起床，拉上窗帘，又回到床上，但是再也睡不着了。最后，他下床，冲了个澡，穿上衣服，到楼下的咖啡馆吃了早餐，还看了会儿报纸。还没有任何关于莫斯和那个姑娘的报道。女服务员走过来给他加咖啡时，他问她晚报什么时候送来。

不知道，她说。我早就不看报纸了。

我不怪你。要是可以，我也不想看。

我不看报纸之后，也不让我的丈夫看了。

是吗？

我不懂人们为什么叫它新闻报纸。我才不觉得那些废话是新闻呢。

没错。

你最后一次在报上读到有关耶稣基督的内容是什么时候？

贝尔摇了摇头。记不清了，他说。我只能说已经有好长时间了吧。

我敢说肯定是，她说。很长一段时间。

他敲过别人家的房门，去通知同样的坏消息，对他来说，这种事根本不新鲜。他看见窗帘微微动了一下，接着房门开了，她穿着牛仔裤，衬衫下摆露在外面，站在门口，看着他。一句话也不说。只是等着。他脱下帽子，她靠在门框上，把脸转了过去。

我很抱歉，太太，他说。

上帝呀，她说。她跟跟跄跄地走回房间，瘫倒在地板上，脸埋在胳膊里，双手抱着头。贝尔拿着帽子站在原地。他不知道该如何是好。他看不出那位祖母住在这儿的迹象。两个西班牙女佣站在停车场那边，一边观望，一边窃窃私语。他走进房间，关上房门。

卡拉·琼，他说。

上帝啊，她说。

我真的非常抱歉。

上帝啊。

他站在那儿,手里拿着帽子。真是抱歉,他说。

她抬起头,看着他。她的脸皱成一团。你这个混蛋,她说。你就站在那儿,跟我说你很抱歉?我的丈夫死了。你明白吗?再敢说一遍你很抱歉,上帝作证,看我不拿枪打死你。

# 9

　　我只能照她说的去做。除此之外,你还真是干不了什么。之后我就再也没有见过她。当时我想告诉她,报纸上那些说法都是不对的。关于他和那个女孩。其实那个女孩是离家出走的。才十五岁。我不相信他跟那个女孩有什么关系,我也不希望她那么去想。当然,你知道她肯定会那么想。我给她打过好几次电话,但她每次都把我的电话挂断,这不怪她。后来,他们从敖德萨给我打来电话,告诉我发生了什么事,我简直都不敢相信。确实无法理解啊。我开车去了那里一趟,可是什么忙也帮不上了。她的祖母也是刚刚去世。我本想看看能否从联邦调查局的资料库里找到他的指纹,但是他们只拿出一张空白表格。想搞清楚他叫什么名字,都干过些什么,诸如此类。最后,害得自己像个傻瓜似的。他是个幽灵。可他又确实存在。你不相信他能永远这么来去自如。所以，我一直等着，想听到新的情况。也许我还能听到。也可能再也听不到了。要欺骗自己很容易。只听那些你希望听到的消息就行。你会在夜间醒来，反复琢磨。我都不确定自己真正希望听到的是什么了。你对自己说，也许这件事情已经结束了。可是你很清楚它还没有。你顶多是这么期望一下。

我爸爸总是对我说，那些你知道该怎么做的事一定要尽力去做，并且实话实说。他说过，没有什么事情比早上醒来时不需要去想自己究竟是谁更能让人安心的了。而且，要是你做错了什么事情，那就站出来，承认是你做的，说你很抱歉，然后继续努力。别在这种事上拖拖拉拉浪费时间。我想，所有这些话今天听起来都非常简单。甚至对我来说也是。正因如此，我们需要好好想想。他说的并不多，所以我总是努力把他说过的话牢牢记住。我不记得他有把一件事说两遍的耐心，所以我学会了第一次就把话听进心里。年轻的时候，我可能也曾误入歧途，但是当我回到正路上之后，我真的下定决心绝不重蹈覆辙，而且我也做到了。我想，真理总是非常简单的。几乎总是这样的。它必须简单得连小孩子都能明白。不然一切就都来不及了。等你搞明白了，一切已经太晚了。

齐格穿着西装，打着领带，站在接待员办公桌前面。他把那个皮箱放在脚边的地板上，环顾了一下那间办公室。

你的名字怎么拼？她问。

他告诉了她。

他知道你要来吗？

不。他不知道。不过他会很高兴看见我的。

请稍等。

她往里间办公室打了电话。一阵沉默。接着，她挂上电话。请进去吧，她说。

他拉开那道门，走了进去，办公桌后面的男子站起来，看着他。他绕到办公桌前面，伸出手来。我知道你的名字，他说。

他们在办公室角落里的一张沙发上坐下，齐格把皮箱放在咖啡桌上，冲着它扬了一下下巴。你的东西，他说。

什么东西？

一些属于你的钱。

那个男子坐在那儿，注视着皮箱。接着，他起身走到办公桌前面，俯身按下一个按钮。不要接电话进来，他说。

他转过身，双手撑在身后桌子的两边，往后一靠，打量着齐格。你是怎么找到我的？他问。

这有什么关系吗？

对我来说有关系。

你没必要担心。不会有别人来的。

你怎么知道？

因为谁会来，谁不会来，都是我说了算的。我想，咱们需要在这儿把问题处理一下。我不想浪费太多时间来让你安心。我觉得这不太可能做得到，而且是费力不讨好。所以咱们还是来谈谈钱的事儿吧。

好吧。

少了一点。差不多十万美元吧。有一部分是被偷了，还有一部分是我的开销。为了把你的钱找回来，我一直都在尽心尽力，所以我希望不要被当成那种带来坏消息的家伙。这个箱子里还有两百三十万。我很遗憾没能全部找回来，不过剩下的都在这儿了。

那个男子没有动。过了一会儿，他说：你到底是谁？

我叫安东·齐格。

这个我知道。

那你为什么还问？

你想要什么。我想这才是我的问题。

好吧。我得说我来这儿只是想证明我的诚意而已。证明谁才是这个高难度领域里的行家。谁才是完全值得信赖、完全诚实可靠的人。差不多就是这个意思。

谁才是我可以跟他做生意的人。

对。

你认真的。

十分认真。

齐格注视着他。他看着他那张大的瞳孔和他脖子上跳动的动脉。他呼吸的频率。他一开始把双手撑在身后的办公桌上时，看起来已经有点放松了。现在他仍然用同样的姿势站在那儿，但是他的样子看上去已经不一样了。

这个皮箱里应该他妈的没有炸弹吧？

没有。没炸弹。

齐格解开箱子上的皮带，打开铜扣，掀开箱盖，把皮箱向前倾斜过来。

好了，那个男子说。就放在那儿吧。

齐格合上皮箱。那个男子离开他靠着的办公桌，站直身子，用指关节擦了擦嘴。

我想你需要仔细想想，齐格说，你一开始是怎么把这些钱弄丢的。你听了谁的话，所以发生了什么。

对。但是咱们不能在这儿谈这些。

我理解。无论怎样，我也没指望你能一下子全搞明白。过两天我再给你打电话。

好吧。

齐格从长沙发上站起来。那个男子冲着皮箱扬了扬头。你本可以自己拿着它去做很多事呀，他说。

齐格微微一笑。看来咱们有很多事需要谈，他说。现在咱们得新找些人来做生意了。不会再有什么问题了。

那些老家伙怎么啦？

他们转行干别的去了。并不是每个人都适合干这行。可以预期的巨额利润总是让人忍不住高估自己的能耐。在他们的脑子里。他们装作一切尽在掌握的样子,其实可能根本没有。结果,这种自不量力总会招致对手的注意。或是导致自己丧失信心。

你呢?你的对手呢?

我没有对手。我不允许那样的事情出现。

他环顾了一下这个房间。不错的办公室,他说。很低调。他冲着墙上的一幅画扬了下头。那是真的吗?

那个男子瞥了一眼那幅画。不是,他说。不是真的。不过我有真的。放在一个地下室里。

干得漂亮,齐格说。

葬礼在三月份一个阴冷多风的日子举行。她站在祖母的妹妹身边。姨祖母的丈夫在她前面,坐在一辆轮椅上,用手托着下巴。这个死去的女人的朋友比她想象中的要多。这让她不免觉得惊讶。她们全都脸蒙黑纱,来到葬礼上。她把手放在姨祖父的肩上,他则从胸前把手伸过来,拍了拍她的手。她还以为他可能是睡着了。在整个过程中,风呼啸不止,牧师讲着话,她觉得有人正在窥视她。她甚至往四周张望过两回。

她回到家时,天已经黑了。她走进厨房,把水壶放在火上,然后坐在厨房的桌子旁边。她本来没有想哭的感觉。但现在她却泪流不止。她把脸埋在叠在一起的胳膊上。哦，妈妈，她喃喃着说。

当她上楼，打开卧室里的电灯时，齐格正坐在小写字桌旁边等着她。

她站在门口，手缓缓地从电灯开关那儿落下来。他一动不动。她站在那儿，拿着她的帽子。最后，她开口道：我就知道这事还没完。

真是个聪明姑娘。

我没拿。

拿什么？

我得坐下来说。

齐格冲着床点了点头。她坐在床上，把帽子放在一边，随后又拿起来，抓在身前。

太晚了，齐格说。

我知道。

你说你没拿什么？

我想你知道我说的是什么。

你还有多少钱？

我一分都没拿。我原先总共有七千多块钱，但我可以告诉你，这些钱早就花光了，而且还有很多账单要付。我今天刚安葬了我的母亲。可我连葬礼的钱都还没付呢。

我肯定不会为了这种事儿苦恼。

她朝床头柜看了一眼。

已经不在那儿了，他说。

她垮垮地坐在那儿，身子前倾，双手紧紧地抓着帽子。你没有理由伤害我，她说。

我知道。但我保证过。

保证过？

对。咱们都得受死人摆布。眼前这件事就是由你丈夫决定的。

这说不通。

恐怕它说得通。

我没有拿那些钱。你知道我没有拿。

我知道。

你对我丈夫保证说要杀了我？

对。

他死了。我丈夫已经死了。

对。可我没有。

你又不欠死人任何东西。

齐格微微仰起头。不欠？他说。

怎么可能呢？

怎么不可能呢？

因为他们已经死了啊。

对。可是我的保证还没有死。任何事情都别想改变它。

你可以改变它。

我不这么认为。即便是一个没有信仰的人，也会发现模仿上帝是很有用的。实际上，是非常有用。

你完全是在亵渎上帝。

言重了。但是覆水难收。我想这个道理你是明白的。你丈夫，你听了可能会很痛苦，他本来有机会不让你受到伤害的，可是他没有那么选择。我给过他建议，但他的答复是不。不然的话，我也不会到这儿来。

你准备杀了我。

我很抱歉。

她把帽子放到床上，扭过头去，看着窗户外面。在院子里汽灯的亮光中，那些长着新绿的树被夜风吹得不停地弯曲又挺直。我不知道我做错了什么，她说。我真的不知道。

齐格点点头。也许你知道,他说。每件事情都是有原因的。

她摇了摇头。同样的话我说过多少次啊。我再也不会这么说了。

你经历了失去信仰的痛苦。

我经历了失去我曾拥有过的一切的痛苦。我丈夫真的想杀死我吗?

对。你还有什么话想说?

跟谁说?

这儿只有我一个人。

我没话跟你说。

你放心好了。试着别那么担心。

什么?

我看得见你脸上的表情,他说。你要知道,我是什么样的人并不重要。你不应该因为觉得我是个坏蛋,就更怕死了。

我一看见你坐在那儿就知道你是个疯子,她说。我非常清楚等着我的是什么。即使我没法把它说出来。

齐格笑了。这确实是一件很难理解的事情,他说。我见过人们为此挣扎。他们脸上的表情。他们总爱说同样的话。

他们说什么。

他们说：你根本没有必要这么做。

你确实没有必要。

尽管这句话屁用都没有，是吧？

是的。

那你为什么还要说？

我以前从没说过这句话。

你们这些人啊。

这儿只有我一个，她说。没有别的人。

没错。当然。

她看了看那支枪，又移开目光。她低着头坐在那儿，肩膀微微颤动。哦，妈妈，她说。

这一切都不是你的错。

她一边抽噎，一边摇头。

你什么也没做。只是运气不好。

她点点头。

他用手托住下巴，看着她。好吧，他说。我能做的也只有这样了。

他伸直腿，把手伸进口袋，掏出几枚硬币，选了一个，举起来。他把硬币转了转。好让她看到他是公正的。他用拇指和食指捏住它，掂量了一下，往上一抛，硬币在空中旋转，他接住它，啪的一声压在手腕上。猜吧，他说。

她看着他，他伸在外面的手腕。猜什么？她说。

猜吧。

我不会。

不，你会的。猜吧。

上帝是不会让我做这种事的。

他当然不会。但你应该试着救救你自己。猜吧。这是你最后的机会。

正面，她说。

他拿开他的手。硬币是背面朝上。

我很抱歉。

她没有应声。

也许这样最好。

她看向别处。你搞得好像是硬币做的决定。但其实是你。

两种情况都有可能的。

硬币什么也决定不了。能决定的只有你。

也许吧。但是在我看来。我和这个硬币是一回事儿。

她坐在床上，轻轻抽噎着，没有搭腔。

就很多事情来说，如果目的地是相同的，那所要经过的途径也必定是相同的。确实没那么容易理解。但确实是这样。

每件事的结果都跟我之前想的不一样，她说。我生活中的事情，我一点都猜不到。不只是这件事，而是所有的事。

我知道。

你绝对不会放过我的。

在这件事上，我没有决定权。在你的生活中，每一刻都是一次转折，一个选择。在某个点上你做出了某种选择。一切随之发生。这种计算方式是非常严谨的。道路早就确定好了。任何一点都无法被抹去。所以，我绝不相信你能用自己的意愿来移动这枚硬币。怎么可能呢？一个人在世上的轨迹很少会改变，更不会突然改变。你人生的道路是什么样子，从一开始就能看得见。

她坐在那儿抽噎。摇着头。

不过，尽管我可以告诉你所有这一切将会怎样结束，但我想，让你看到这个世界上最后一线希望，在裹尸布或者说黑暗落下之前把你的心吊起来，并不算是多么过分的事。你明白吗？

上帝啊，她喃喃道。上帝啊。

我很抱歉。

她看了他最后一眼。你没必要这么做，她说。你没必要。真的没必要。

他摇了摇头。你是在请求我变得心软一点，可我从来不会让自己变成那样。我只有一种活法。就是绝不允许出现任何例外。也许猜硬币算是一种。但这样做也只是为了一些微不足道的目的。大多数人都不相信居然会有我这样的人存在。你能看到这对他们来说有多难。如何战胜你不愿承认其存在的东西。你明白吗？一旦我进入了你的生活，你的生活就结束了。有开始，有过程，也有结尾。现在就是结尾。你可以说事情本来可以有另一种结果。本来可以是别的什么样子。可这有什么意义呢？根本就没有别的可能。注定是这样的。因为你的请求，我又解释了一遍这个世界的本质。你明白了吗？

明白，她抽噎着说。我明白。我真的明白。

很好，他说。这很好。接着，他向她开了枪。

在距离那座房子三个街区的十字路口，一辆有十年车龄的老别克车闯过红灯，一头撞上齐格的车。地面上没有一点刹车痕迹，那辆别克也根本没想刹。齐格在城里开车的时候，从来不会因为有这种危险就扣上安全带，所以尽管他一发现那辆车冲过来就扑到了车子的另一侧,但冲击力还是一下子就把驾驶座那侧压瘪的车门挤到了他身上,他的胳膊伤了两处,几根肋骨折断,头部和腿部也被划了几道伤口。他从副驾那侧的车门爬出来,摇摇晃晃地走到人行道上,坐在一户人家的草坪上,看了看胳膊。骨头刺穿皮肤,露了出来。不好啦。一个穿着居家服的女人尖叫着跑了出来。

鲜血不断地流入他的眼睛,他试图思考一下当下的处境。他托起胳膊,把它掰过来,想看看血流得厉不厉害。正中动脉有没有破裂。看来没有。他的脑袋嗡嗡直响。感觉不到疼痛。至少现在还没有。

两个十几岁的男孩站在旁边看着他。

你没事吧,先生?

嗯,他说。我没事。让我在这儿坐一会儿就好。

救护车就要来了。那边的人去打电话了。

好的。

你确定自己没事儿吗?

齐格看了看他们。你那件衬衫要多少钱?他说。

他们互相看了看。什么衬衫?

随便哪件该死的衬衫。多少钱?

他伸直腿，把手伸进裤子口袋，掏出他的钱夹。我得找个东西包扎我的头，还得给这条胳膊弄个吊带。

其中一个男孩开始解自己的衬衫扣子。嗨，先生。你干吗不早说啊？我愿意把衬衫送给你。

齐格接过衬衫，用嘴咬住，从衬衫的后背一撕两半。他先把头包扎好，就像戴着大头巾。然后，他把另一半衬衫拧成一根悬带，把受伤的胳膊伸进去。

帮我打个结，他说。

他们又互相看了看。

就打个结。

那个穿T恤衫的男孩走上前，跪下来，把那根吊带打了个结。这胳膊看上去可不太好啊，他说。

齐格用拇指从钱夹里捻出一张百元钞票，用嘴咬住，把钱夹塞回裤子口袋，然后，他站起来，把钱递了过去。

嗨，先生。帮助别人是应该的。这钱太多了。

拿着。拿着，就当你们没有见过我。听到没有？

那个男孩接过钞票。听到了，先生，他说。

他们目送他用手托着缠在头上的大头巾，有点跛地顺着人行道走远。这钱也有我一份儿，另外那个男孩说。

你又没有他妈的光着膀子。

这钱可不是买衬衫的。

也许吧,可我的衬衫毕竟还是没了啊。

他们走到街上,汽车们仍然冒着热气。街灯已经亮了。一摊绿色的防冻液流到了街沟里。当他们路过齐格那辆卡车敞开的车门时,穿T恤衫的男孩用手拦住另一个男孩。你看见了吗?他说。

我操,另一个男孩说。

他们看见的是齐格的手枪,就扔在那辆卡车里的踏板上。他们已经可以听见远处传来的警笛声。拿上它,那个男孩说。快去。

为什么是我?

我身上又没衬衫可以藏它。快去。快点。

他登上通向门廊的三层木台阶,用手背轻轻地敲了敲房门。他脱下帽子,用衬衣袖子在额头上按了按,又把帽子戴上。

进来吧,有个声音喊道。

他推开房门,走进阴凉里。埃利斯?

我在后面。过来吧。

他走进厨房。老人坐在桌子旁边的轮椅上。房间里有股陈年熏肉油脂的气息,炉子里冒出难闻的木烟味,除此之外,还有一股轻微的尿臊味。像是猫尿的气味,但又不只是猫的。贝尔站在门口,脱下帽子。老人抬头望着他。一只眼睛很混浊,那是多年前他从一匹马上摔到仙人掌上被刺的。嗨,埃德·汤姆,他说。我都不知道是谁来了。

那你是怎么知道的?

你在四处观察呀。你是自己来的？

是啊。

坐吧。要咖啡吗？

贝尔看了看杂乱地堆放在花格油布上的东西。药瓶子。面包屑。《夸特马》杂志。谢谢，我不要，他说。非常感谢。

我收到一封你老婆来的信。

叫她洛蕾塔就行了。

我知道。你知道她写信给我吗？

我知道她给你写过一两次吧。

可不止一两次。她定期写信给我。把家里发生的事情全都告诉我。

我真不知道家里有什么事。

你可能感到惊讶吧。

那么这回的信里有什么特殊内容吗。

她只是告诉我你想辞职，就这些。坐呀。

老人并没有去管他坐没坐下。他低着头，用肘后袋子里的烟草给自己卷了一根烟。他把烟卷的头放进嘴里抿了抿，然后转过来，用一个已经磨得露出铜的旧Zippo打火机点燃。他坐在那儿抽着烟，像夹铅笔一样用手指夹着。

你最近还好吧？贝尔说。

我很好。

他把轮椅稍微往旁边转了转，透过烟雾看着贝尔。我得说你看上去老了不少啊，他说。

我是老了。

老人点点头。贝尔拉来一把椅子，坐下，把帽子放在桌上。

我想问你一个问题，他说。

问吧。

你这辈子最大的遗憾是什么？

老人注视着他，琢磨着这个问题。不知道，他说。我没多少遗憾。我能想象得出很多在你看来八成会让人变得更快乐的事。我看能够随意行走就可以算作一种。你可以给自己列一张清单。说不定你早就列了一张。我想，一个人长大以后，就会像自己期望的那样永远快乐。尽管时好时坏，但是到了最后，你总会跟你从前一样快乐的。也有可能是一样不快乐。我知道有人对这种事一窍不通。

我明白你的意思。

我知道你明白。

老人抽了一口烟。要是你想问我，是什么让我成了最不快乐的人，那我想你早就知道答案了。

是的。

不过跟这把轮椅无关。跟这只棉花眼[1]也无关。

是的。我知道。

当你报名开始一段旅程时，你可能会觉得自己对前进的方向多少有些了解。但你也可能毫无了解。或是觉得自己上了当。也许没有人会责备你。要是你辞职的话。但是如果只是因为事情比你脑子里想的要难的话，呃，那就另当别论啦。

贝尔点点头。

我想有些事情最好还是别去检验。

我看你说得没错。

洛蕾塔会因为什么离开你？

不知道。我想，肯定是因为我做了一些特别坏的事情。绝对不只是他妈的事情变得有点难这种。毕竟，她也算是经历过一两次了。

埃利斯点了点头。他把烟灰弹进桌上的一个罐子盖里。我就相信你这些话吧，他说。

---

[1] Cotton eye，来自美国乡村音乐《棉眼乔伊》（*Cotton Eyed Joe*）。

贝尔笑了笑。他向周围看了看。这壶咖啡还新鲜吗？

我想没有问题吧。我一般每周都要烧一壶新鲜的，就算之前的还没喝完也一样。

贝尔又笑了笑。他站起身，把咖啡壶拿到台子上，插上电源。

他们坐在桌边，用同款的裂纹瓷杯喝着咖啡，在他出生之前，这些瓷杯就已经在这座房子里了。贝尔看了看杯子，又环顾了一下厨房。呃，他说。我想，有些东西是不会改变的。

比如说呢？老人问。

该死，我还真说不上来。

我也说不上来。

你养了几只猫？

好几只吧。这要看你说的养是什么意思。有些猫是散养的，剩下的都是自己跑来的。它们一听见你卡车的声音，全都跑出去了。

你有没有听见卡车的声音？

什么意思？

我是说你……你在跟我开玩笑吗。

你怎么会有这种想法？

你听见了?

没有。我看见那些猫跑掉了。

要再来点咖啡吗?

我够了。

朝你开枪的那个人死在牢里了。

在安哥拉监狱。听说了。

要是他被放了出来,你会怎么做?

不知道。什么也不做吧。也没什么意义。没意义。什么意义都没有。

听到你这么说,我还真有点惊讶。

你累了,埃德·汤姆。整天想着夺回自己被抢走的东西,最后你失去的反而会更多。过上一段时间,你就会试着为自己扎上止血带的。你爷爷从来没有要求我去跟他当副警长。是我自己想那么干的。也是见鬼了,我也确实没有别的事情好做。赚的跟牛仔差不多。但不管怎么说,你永远不知道自己是不是因祸得福。一战的时候,我太年轻了;二战的时候,我又太老了。不过,我看得出它们带来了什么结果。你可以很爱国,但同时心里明白,有些事情根本不值得付出那么多的代价。问问那些拿到金星勋章的母亲们吧,她们付出了什么,又从中得到了什么。人总是要付出很多。尤其是为了诺言。再也没有什么东西会比那些狗屁诺言更廉价了。你会明白的。也许你早就明白了。

贝尔没有应声。

我一直以为,等我老了,上帝肯定会为我的生命指一条明路。他没有。我也不怪他。如果我是他,我肯定也会像他一样看待我自己。

你又不知道他是怎么想的。

不,我知道。

他看了看贝尔。我还记得,你们全都搬到丹顿县之后,有一回你来看我。你走进来,看了看四周,然后就问我打算做点什么。

没错。

但你现在不会再问我这种问题了,是吧?

也许不会吧。

你不会了。

他呷了口难闻的黑咖啡。

你想起过哈罗德吗?贝尔问。

哈罗德?

对。

没怎么想起过。他比我大一点。他是一八九九年出生的。肯定是那年。你怎么想到哈罗德了？

我正在看你母亲写给他的一些信，没别的。我只是想知道，关于他你还记得些什么吗。

有他写的信吗？

没有。

想想自己的家族吧。试着去把所有的事都搞清楚。我知道哈罗德的事儿对我母亲造成了什么影响。她一直都忘不了。但是我还真说不清楚那有什么意义。你一定知道那首福音歌吧，《我们终将逐渐领悟其中的寓意》？那需要有坚定的信念。想想看，他上了战场，不知死在哪里的阴沟里。十七岁。你告诉我。因为我真他妈的不知道。

我明白你的意思。你要不要到外面走走？

我才不想让别人把我拖来拖去呢。我只想坐在这儿。我挺好的，埃德·汤姆。

不麻烦的。

我知道。

那好吧。

贝尔看着他。老人把香烟在那个罐子盖里捻灭。贝尔试图想象一下他的生活。但紧接着，他又努力让自己别去想。你没有变成不信教的人吧，埃利斯叔叔？

没有。没有。根本没有那回事。

你觉得上帝知道正在发生什么事吗？

我希望他知道。

你觉得他能阻止这一切？

不。我可不这么想。

他们安静地在桌边坐着。过了一会儿，老人又说：她曾经提到，说那儿有很多老照片和家里的玩意儿。该怎么处理。说实在的，我并不觉得那些东西还有什么用处。你觉得呢？

是啊。我觉得也是。

我想让她把麦克叔叔的老骑警徽章和左轮手枪寄到州骑警队。我相信他们一定有展览馆。不过，我也不知道该怎么跟她说。那些东西都还在这儿。就在那边那个两用衣橱里。那张掀盖书桌里全是文件。他把杯子斜了一下，看了看杯底。

他从来没在考菲·杰克手下干过。麦克叔叔。这种话纯属胡扯。我不知道当初是哪个家伙这么开始的。他是在哈德斯佩斯县自己家的门廊上被人枪杀的。

311

我经常听到人们这么讲。

有七八个家伙到他家去，要这要那。他回到屋里，拿着一支霰弹枪出来，可是那些家伙抢先了他一步，开枪把他放倒在了自己的家门口。她跑出来，想给他止血。想把他弄进屋里。据说他依然想把那支枪再端起来。那些人就骑在马上。最后离开了。我不知道是为什么。我想，可能有什么顾忌吧。他们中间有个家伙说了几句印第安话，就全都掉头跑了。他们没有闯进那座房子或是干别的什么坏事儿。她总算把他弄到了屋里，但因为他块头很大，她没法把他弄到床上。她只好在地板上打了一个地铺。别的也做不了什么。她总是说，她应该不去动他，赶紧骑马去找人来帮忙，可是我不知道她能骑着马去哪儿。他绝不会让她离开的。甚至不愿意让她到厨房里去。他知道要是她离开了，情况会是什么样。他的右肺被子弹打穿了。无力回天，就像老话说的。

他是什么时候死的？

一八七九年。

不是，我是问，他是当场就死了，还是在当天夜里，还是别的什么时间。

我记得是当天夜里。或者凌晨。她自己一个人把他安葬了。

在硬邦邦的石头地上挖了个墓坑。后来，她就把家当装在马车上，套上马，离开了那儿，再也没有回去过。二十年代的时候，那座房子烧毁了。可能有什么东西还在呢。我今天就可以带你去那儿看看。以前那儿立着一个石头烟囱，说不定现在还没倒。有一大片地可以种庄稼。要是我没有记错，大概有八到十平方英里呢。可她缴不起税，尽管税额不高。也不能把地卖掉。你还记得她吗？

不记得了。但我见过一张我和她的合影，当时我大约才四岁。她坐在这座房子门廊上的一把摇椅里，我站在她旁边。我当然希望自己还记得她，但我确实记不起什么了。

她再也没有嫁人。晚年，她在一个学校当上了老师。圣安吉罗。这个国家对自己的人民非常苛刻。但是他们似乎从来也不追究。这简直是有点奇怪了。他们确实从不追究。你想想，光是咱们这个家族就遭受过什么事吧。我都不知道自己在瞎忙些什么。他们都是年轻人。一半人的尸体埋在哪儿咱们都不知道。你肯定会问这一切的意义何在。所以还是让我回到刚才的话。人民怎么就不觉得这个国家应该对此负更多的责任呢？但他们就是不觉得。你当然可以说，国家就是这样，它是绝不会主动去做任何事的，但这等于什么也没说。有一次，我看见一个家伙用霰弹枪轰击他的皮卡。他肯定是觉得那辆车做了什么坏事吧。这个国家可能会在转眼之间就要了你的命,但人们还是热爱它。你明白我的意思吗?

我想我明白。那你爱这个国家吗?

我觉得还是爱的。不过,你要知道,我跟一堆石头一样无知,所以你完全不必把我说的话当回事儿。

贝尔笑了笑。他站起身,走到洗手池那边。老人把轮椅轻轻地转到能够看得见他的地方。你要做什么?他说。

我想最好还是把这些盘子洗洗吧。

见鬼,放那儿吧,埃德·汤姆。卢佩明天早上会来的。

费不了什么事儿。

水龙头里流出的自来水有些浑浊。他往洗手池里放满水,加了一勺肥皂粉。接着又加了一勺。

我记得你之前有过一台电视机。

我之前有过很多东西。

你怎么不说一声?我给你弄一台啊。

我不需要。

可以消磨时间啊。

原来那台也没出毛病。是我把它给扔了。

你从来不看新闻吗？

不看。你看吗？

不常看。

他把那些盘子冲干净，放在一边等它们晾干，然后站在那儿，望着窗外那个杂草丛生的小院子。那里有间破旧的熏制房。院里停着一辆铝制双驾马车。你之前还养过鸡，他说。

对啊，老人说。

贝尔擦干手，回到桌子旁边，坐下。他注视着自己的叔叔。你有没有干过让你羞耻到不想告诉任何人的事？

他叔叔想了想。我得说我干过，他说。我敢说所有人都干过。我干过什么被你发现了？

我是认真的。

好吧。

我是说坏事。

有多坏？

说不清楚。那种纠缠你一辈子的事吧。

比如说会让你坐牢的那种？

呃，我想就是这类的事吧。也不一定非得到那种程度。

我得好好想想。

不，不用啦。

你怎么了？我再也不邀请你到这儿来了。

这次你也没有邀请我啊。

哦。倒也是。

贝尔的胳膊肘撑在桌上，双手交叉，坐在那儿。他的叔叔看着他。我希望你不是准备坦白什么可怕的事情，他说。搞不好我一点都不想听呢。

你想听吗？

想听。讲吧。

好的。

不会是性方面的事儿吧？

不是。

那就好。讲吧，不管怎样讲出来吧。

关于成为一个战斗英雄。

哦。你是指你自己吗？

对。就是我。

讲吧。

我正在讲呢。这件事情是真实发生过的。我就是这么得到那枚战斗勋章的。

继续。

我们在前沿阵地监听敌方的无线电信号，就藏在一座农舍里。只有两间屋子的石头房子。我们已经在那儿待了两天，外面的雨下个不停。就像天上的水全都泼下来了。大约是在第二天中午的时候，话务员摘下耳机，说：听。于是我们就听。如果有人说听，你肯定要听。可是我们什么也听不到。我就说：要听什么？他说：什么也没有。

我就说，你他妈的到底在说什么，什么也没有？你到底听到什么了？他说：我的意思是什么也听不到。听。他是对的。四下里什么声音都没有。没有野战炮或者别的声音。你能听到的只有雨。我最后能记得的大约就是这些。等我苏醒过来时，我正躺在外面的雨地里，不知道躺了多久了。我身上又湿又冷，耳朵嗡嗡直响，我一坐起来，就看见那座房子不见了。只剩下最里面的一部分墙还没倒。一发迫击炮弹穿透墙壁，把房子炸得一塌糊涂。呃，我什么也听不见。听不见雨的声音，也听不见别的声音。最多只有我脑子里的嗡嗡声。我站起身，走到房子原来所在的地方，大部分地面都被坍塌的屋顶埋起来了，我看见一个自己人被埋在石块和木头中间，我想把它们搬开，看看能不能把他挖出来。我的整个脑袋完全是蒙的。我一边干，一边直起身来向远处张望，发现那些德国步兵正在穿过眼前的空地朝这边逼近。从大约两百码以外的一片树林里走过来。那时，我仍然没有搞清楚到底发生了什么事儿。我感到有点恍惚。我挨着墙边蹲下去，一眼看见几根木梁下面露出一支.30口径的华莱士。那家伙是空气冷却式的，从一个铁盒子里往外送弹。我估摸着，要是他们再靠近一点，我就可以在那片空地上干掉他们，他们也没法再呼叫一枚炮弹了，因为已经太近了。我在四周刨了刨，把它挖了出来，还有它的三角支架，接着，我又在旁边挖了挖，把子弹箱也挖了出来，我把它们全部弄到断墙后面，磕出枪管里的沙土，拉开保险，开了火。

很难说那些子弹都打在了什么地方，因为地面是湿的，但是我知道我干得还算不错。我用掉了大约两英尺长的子弹带，然后继续躲在那里观察，两三分钟之后，有一个德国佬跳起来，试图朝着林子那边跑过去，但我就等着这个呢。我把其他人压制在那里，同时我听到了一些自己人的呻吟，我确实不知道天黑以后我该怎么办。他们给我那个铜星奖章就是因为这件事。那个提议授予我奖章的少校叫麦卡利斯特，他是佐治亚州的。我告诉他我不想要。而他就坐在那儿看着我，直截了当地说：我在等你告诉我，你有什么理由拒绝一个军事嘉奖。于是我就告诉了他。等我一说完,他就说:中士,你必须接受这个奖章。我猜他们会把事情说得很漂亮的。好像这件事挺有价值。丢失阵地。他说,你必须接受奖章,要是你把告诉我的这些事情到处瞎讲,这个奖章就会回到我这儿,到了那时,你就等着后背被打穿,下地狱去吧。清楚了吗?我只好回答说,是,长官。还说事情要多清楚就有多清楚。就是这样。

这么说,你准备告诉我你做了什么。

对。

天黑之后。

天黑之后。是的。

你做了什么?

我赶紧逃走了。

老人陷入沉思。过了一会儿,他说:要我说,这在当时应该是一个很不错的主意啊。

是啊,贝尔说。的确是。

要是你留在那儿,会发生什么?

他们会趁着天黑摸上来,向我投掷手榴弹。也有可能会撤到那片林子里,再呼叫发射一次炮弹。

没错。

319

贝尔坐在那儿,双手交叉着放在桌布上。他看着他的叔叔。老人说:我不知道你到底想问我什么。

我也不知道。

你把你那帮弟兄丢下没管。

是啊。

你也是别无选择。

我有选择。我可以留在那儿。

你又帮不了他们。

也许是帮不了。我曾经想过,可以把那挺 .30 的机枪搬到差不多一百英尺以外的地方,等着他们投手榴弹或者随便什么东西。让他们靠上来。我可以多干掉几个。即使是在黑暗中。我不知道。我待在那里,看着黑夜慢慢来临。美丽的日落。那时天已经放晴了。雨终于停了。那片田野种着燕麦,只剩下一些麦秆。那是一年中的秋天。我看着天色渐渐转黑,我已经有一阵子没有从废墟里听到任何人的声音了。他们可能当时就已经死光了。不过我不确定。天一黑我就赶紧起身离开了。连一支枪都没拿。我他妈的当然也没本事带上那挺 .30 的机枪。我的头已经不怎么疼了,我甚至可以听见一点点声音了。雨虽然已经停了,但我全身都湿透了,冷得牙齿在不停地打战。我可以辨认出北斗七星，我尽可能地朝着正西方走去，不停地走。我路过了一两座房子，但是周围没有一个人影。那一带是战区，那个国家。居民早就跑光了。天亮时分，我在一片树林里躺下来。那些树啊。整个那一大片看上去就像被烧焦了似的。剩下的只有光秃秃的树桩。第二天夜里，也不知是几点钟，我走到了一个美军阵地，大概就是这样。我原以为过了这么多年，这件事早就过去了。真不知道我怎么会有这种想法。后来我又想，也许我可以做些弥补，我想，这就是我一直以来努力在做的事。

他们就那么坐着。过了一会儿，老人说：呃，坦白地讲，我看不出这件事有什么糟糕的。也许你应该对自己宽容一点。

也许吧。但是一旦你上了战场，关照跟你在一起的弟兄就成了一种预先立下的血誓，而我却不知道自己为什么没有做到。我想这么做的。你发了誓，就得下决心接受一切的结果。可是你并不知道结果会是怎样。到最后往往就是家门口堆满了意料之外的东西。如果我按照承诺本该死在那里，那我就应该死在那里。尽管你可以有别的说辞，但事实就是这样的。我本该这样去做，但是我没有。我心里有一部分始终在期望能重来一次。但这是不可能的。我之前不知道一个人能够偷来自己的生命。也不知道偷生跟偷其他东西一样，对你都没有什么好处。我觉得我已经尽了最大的努力,但它仍然不属于我。从来都不属于我。

老人静静地坐了很久。身体微微前倾,盯着地板。过了一会儿,他点点头。我想我了解这种心情,他说。

是啊。

你觉得他会怎么做?

我知道他会怎么做。

是啊。我想我也知道。

他会坚守在那里,直到地狱全部冻住,还要在冰上再停留一会儿。

你觉得他这样就会是一个比你更好的人吗?

是的。我觉得会。

我可以告诉你一些关于他的事,也许会改变你的想法。我对他还是非常了解的。

哦,这恐怕很难。请恕我直言。但我真的深表怀疑。

确实很难。但我还是得说,他生活在另一个时代。假如这家伙晚出生五十年呢,他对事物的看法可能就大不相同了。

你可以这么说。但是这个房间里没有人会相信的。

是啊,我希望这是真的。他抬头看了看贝尔。你为什么告诉我这件事?

我想我只是需要卸下心里的包袱。

那你可真是准备了很久啊。

是的。也许我只是要说给自己听。我并不像别人说的那样，是一个活在过去的人。我倒希望我是。可我属于这个时代。

也许你只是想先练习一下。

可能吧。

你打算告诉她吗？

是的，我想我会的。

那好。

你觉得她会说什么？

呃，我希望结果会比你想的好一点吧。

是啊，贝尔说。我当然也希望是这样。

# 10

他说我对自己太苛刻了。说这是一个人进入老年的征兆。总想把每件事都处理好。我看这话有一定道理。但也并不是全对。我同意他的观点，关于老年，你确实没有什么好话可说，他说他就知道一点老年的好处，我就问他是什么。他说，老年不会持续很久。我等着他露出微笑，可他没有笑。我只好开口，呃，这真是太残酷了。他说，这也算不上是残酷，只是事实而已。就是这么回事儿。我就知道他会这么说，愿上帝保佑他。你会尽可能地关心照顾人们，帮助他们减轻负担。即使那些负担是他们自找的。还有一件事总是萦绕在我的心头，我甚至从未跟别人说起过，但我相信它也很重要，因为我觉得，无论你一生当中干过什么，它都会作用在你的身上。只要你活的时间够长。还有，我实在想不通那个混蛋为什么要杀死那个姑娘。她究竟怎么招惹他了？其实，我当初根本不应该去那里。现在他们把一个墨西哥佬押送到了亨茨维尔，指控他杀害了那名州巡警，说他开枪打死了那名巡警，还放火烧了那辆警车，当时那名巡警还在车里，我真的不相信这是他干的。然而，他真的就要因为这个被判处死刑了。那么，我的职责又该是什么呢？我觉得自己无论如何都在盼着这一切能够尽快结束，当然这是不可能的。从一开始我就料到了。它给人这么一种感觉。就像我执意要让自己深陷于某种境地，而回头的路却非常非常漫长。

当时他问我，为什么过了那么多年，这件事才冒出来，我回答说，其实它一直都在那里。只不过大多数时候我都无视了它的存在。但是，他说的很对，它确实冒了出来。我想，对于很多事情，人们有时候宁可得到一个糟糕的回答，也不愿意什么回答都没有。当我把它讲出来时，它又会呈现为我意料之外的样子，这点他也说对了。就像有一次一个棒球运动员告诉我的，他说，如果他受了点轻伤，这伤又有点让他伤脑筋，让他烦心，他通常就会打得更好。因为，这可以让他把注意力集中在一件事而不是上百件事上。我完全能够理解他的意思。倒不是说这会改变什么。

我曾以为，假如我过的是一种我能知道的最严格的生活，那么就再也不会有这么折磨我的事发生了。我说过,那时我才二十一岁,还有资格去犯错误,特别是如果我能从中吸取教训,便能成为我心里想要成为的那种男子汉。唉,看来我真是大错特错了。现在我准备辞职了,主要也是因为这样就不会再被派去追捕这个家伙了。我心想,他真是个厉害角色。所以,你尽可以责备我,说我真是一点没变,我不知道自己对此还能有什么好辩驳的。三十六年。认识到这点真是令人痛心。

至于他说到的另外一件事。想想看,一个人等上帝走进他的生活一直等了八十多年,没错,那你准会觉得上帝肯定会出现。就算上帝没出现,那你也会觉得上帝这么做必定有他的深意。我不知道,除此之外,对于上帝你还能有什么别的说法。因此,你也只能这样想:他曾经现身指导过的那些人,都是最最需要他的指导的。这并不是一件容易接受的事情。尤其是对于洛蕾塔这样的人来说。不过也许是咱们全都理解错了。一直都是错的。

至于卡罗琳写给哈罗德的那些信。她之所以留着那些信,是因为他把它们保存得好好的。毕竟,是她把他抚养成人的,她就像是他的母亲。那些信都已经卷边、破损,沾着泥巴和我也说不清楚是什么的东西。一方面你可以说,他们都不过是乡下人。我觉得他在上战场之前都没出过伊林县，更不用说得克萨斯州了。但是读了那些信，你又会发现，她一直期望他能回到的那个世界，其实早已不复存在。现在是一目了然了。毕竟过了六十多年了。然而，他们当时可没有预料到这种状况。你可以喜欢或者不喜欢，但这什么都改变不了。我曾经不止一次地告诉我的副手们，决定你能够决定的事，剩下的任由它去。如果说你在某件事上无能为力，那都算不上什么问题。只是恶化而已。其实，对于这个正在酝酿中的世界，我的了解并不比哈罗德多。

结果当然是哈罗德根本没能回到家乡。那些信中也没有任何迹象表明她曾预料到过这种可能。

不过，你知道她肯定想过。只是她不愿意在写给他的信里提及。

当然，我还是接受了那个奖章。它当时就装在一个花哨的紫盒子里，配着一根缎带之类的东西。它在我的衣柜里放了很多年，然后有一天，我把它拿出来，放到了起居室那张桌子的抽屉里，这样，我就不用非得看见它了。不是说真的看见它，而是说知道它就放在那儿。哈罗德没有得到任何奖章。他只是被装在一个木头盒子里送回了家。我不相信在一战中战死的那些士兵的母亲们收到了金星勋章，但即使她们收到了，她也收不到，因为哈罗德不是她的亲生儿子。可是她应该收到。另外，她也从来没有拿到过他的战争抚恤金。

是啊。我又去过那里一趟。我在那里走了走，只有很少一些迹象表明那里曾经发生过什么事情。我捡到了一两个子弹壳。也就是这样了。我在那里站了很长时间，想了很多事情。那天是冬日里难得会碰到的暖和日子。几乎没有风。我还是觉得，也许这些案子跟这个国家有关。有点像埃利斯说的那样。我想到了我的家人们，想到了他待在那座老房子里，坐在他的轮椅上，在我看来，这个国家有一段奇怪的历史，同时也是一段血腥的历史。想到了所有想去看看的地方。我本可撇开这些思绪，一笑置之，但我还是忍不住去想。我不会为这些胡思乱想辩护。绝对不会。我会跟我的女儿说说话。她要是还活着，现在该有三十岁了。没关系。我不在乎别人怎么看。我喜欢跟她说话。你尽可以说这是迷信，或者随便别的什么。我知道，这么多年来，我已经把自己缺乏的那份勇气给了她，所以无论你怎么想都没关系。这正是我愿意听她说话的原因。我知道，我总是能从她那儿得到最好的建议。永远不会掺入我自己的无知或卑劣。

我知道别人听了会有什么感觉，我想，我也只能说我并不在乎。我甚至从没跟我的妻子说过，尽管我们彼此之间从不保留什么秘密。我倒是不觉得她会以为我疯了，但有些人可能会。埃德·汤姆？哦，人们只能把这个疯子抓起来。我听说他们现在都是从门底下给他送饭。但是没关系。我还是会听她的话，因为她的话总是很有道理。我希望她能多说一点。我会竭尽全力的。好，就说这么多吧。

他走进家门时,电话正在响。我是贝尔警长,他说。他走到餐具柜那边,抓起电话。我是贝尔警长,他说。

警长,我是敖德萨警察局的库克探长。

你好,探长。

我们这儿有一份报告提到了你的名字。跟一个叫卡拉·琼·莫斯的女人有关,三月份她在这儿被谋杀了。

没错,探长。谢谢你打电话来。

他们从联邦调查局的弹道资料库里查出了凶手用过的武器,然后追查到了一个米德兰的男孩身上。那个男孩说,那把枪是他从一起车祸现场的一辆卡车上捡到的。正好看见就顺走了。我感觉他说的是实话。我跟他谈过。他把枪给卖了,然后那把枪就出现在了路易斯安那州什里夫波特的一起便利店抢劫案中。

至于让他捡到枪的那场车祸，就发生在凶手杀人的同一天。那把枪的主人把它留在了那辆卡车上，自己则消失了，从此再无消息。所以，你也不难看出这个案子的走向。在我们这儿，没有侦破的杀人案并不多，真他妈的讨厌这种案子。请问您对这个案子有兴趣吗，警长？

贝尔跟他说了说。库克听完，给了他一个电话号码。这是负责那场车祸调查的探员的电话。罗杰·卡特伦。我先给他打个电话。让他把情况告诉你。

没问题，贝尔说。他会告诉我的。我跟他认识很多年了。

他拨了那个号码，卡特伦接了电话。

近来如何啊，埃德·汤姆。

我不是来闲聊的。

需要我帮什么忙。

贝尔跟他谈起那场车祸。对，警长，卡特伦说。我当然记得这件事。这场事故中死了两个小子。我们至今尚未找到另外一辆车的司机。

怎么回事？

几个吸毒的小子。他们闯过红灯，然后拦腰撞上一辆刚上牌照的道奇皮卡。被撞得一塌糊涂。卡车里的那个家伙从车里爬出来，沿着大街走了。在我们赶到现场之前。卡车是在墨西哥买的。非法的。没有环保署的许可证，啥都没有。连登记卡都没有。

另一辆车呢。

另一辆车上有三个男孩。十九或二十岁的样子。都是墨西哥人。唯一活下来的是坐在后座上的那个。很明显他们在传着吸一支大麻烟，以差不多六十英里的时速冲过十字路口，正好拦腰撞在那位老兄的卡车上。坐在副驾的那个小子一头撞破挡风玻璃，飞过街道，摔在一个女人家的门廊里。她当时正好出来往信箱里放几封信，而那个小子几乎是擦着她的身体飞了过去。她就那么穿着居家服、戴着卷发器跑到街上，不停地尖叫。我估计她到现在还没缓过来呢。

你们是怎么处理那个拿走枪的男孩的？

我们把他给放了。

要是我过去一趟，你看能让我跟他谈谈吗？

我看没问题。我这会儿正在屏幕上看他的影像呢。

他叫什么？

戴维·德马科。

是墨西哥人吗？

333

不是。轿车里的那几个小子是。他不是。

他愿意跟我谈吗？

只有一个办法能知道。

我明天早上就过去。

期待和你见面。

卡特伦给那个男孩打了电话，跟他说了这事，他走进咖啡馆时，看不出来有什么不安。他不声不响地坐进小隔间，跷起一只脚，嘴里啧啧有声，看着贝尔。

要来杯咖啡吗？

好啊。来杯咖啡。

贝尔举起一根手指，女服务员随即走过来，记下他点的东西。他看着那个男孩。

我要跟你谈的是从车祸现场走掉的那个人。我想知道你有没有想起什么跟他有关的事情。任何你可能记得的事情。

那个男孩摇摇头。不记得了，他说。他环顾了一下咖啡馆。

他伤得有多厉害？

不知道。他的胳膊好像断了。

还有呢。

他的脑袋划了个口子。我说不上有多厉害。他还能走路。

贝尔注视着他。在你看来,他大概有多大年纪?

见鬼,警长。我不知道。他浑身都是血。

报告里写着,你说他可能有三十大几岁。

没错。差不多吧。

你当时跟谁在一起。

什么?

你当时跟谁在一起。

没跟谁。

报告里写着,那个打电话报警的邻居说你们有两个人。

他完全是在胡扯。

是吗?我今天早上刚跟他谈过,在我看来,他说的可不像是在胡扯。

女服务员端来了咖啡。德马科往他的咖啡里倒了差不多四分之一杯的砂糖,坐在那儿搅拌起来。

你要知道,那个人出车祸之前,刚刚在两个街区外杀死了一个女人。

是啊。当时我还不知道这事。

你知道他已经杀了多少人了吗?

我对他毫无了解。

你觉得他有多高？

不是很高。中等个头吧。

他是不是穿着靴子。

是的。我觉得他穿着靴子。

什么样的靴子。

我觉得应该是鸵鸟皮的吧。

很贵的靴子。

是啊。

他血流得厉害吗？

不知道。反正是在流。他脑袋上划了一个口子。

他都说了些什么？

没说什么。

那你跟他说了些什么？

没说什么。我问他没事儿吧。

你觉得他会死掉吗？

我不知道啊。

贝尔往后靠了靠。他把盐瓶在桌面上转了半圈。接着又转过来。

告诉我，你当时跟谁在一起。

没跟谁。

贝尔打量着他。那个男孩啧啧两声。他端起咖啡杯,喝了几口,又把杯子放下。

你不打算配合我,是吧?

我确实已经把我知道的都告诉你了。你看过那份报告。我知道的全都说了。

贝尔坐在那里盯着他。随后,他站起身,戴上帽子,离开了。

上午,贝尔去了那所高中,从德马科的老师那儿得到了几个名字。他第一个找到的人问他是怎么找到自己的。那是一个魁梧的男孩,双手交叠着坐在那儿,低头看着自己的网球鞋。大约是十四码的,鞋尖上用紫墨水分别写着左和右。

肯定有什么事你们不想告诉我。

那个男孩摇了摇头。

他威胁你了吗?

没。

他长得什么样?他是墨西哥人吗?

我觉得不是。也就是肤色有点黑罢了。

你怕他吗?

在你出现之前我没怕。见鬼,警长,我知道我们不应该拿走那个该死的东西。干那样的事情简直是蠢透了。我不想坐在这儿说那是戴维的主意,尽管实际上是。我已经够大了,本来可以阻止的。

没错,你可以。

整件事情太不可思议了。轿车里那几个小子全都死了。我是不是惹上麻烦了?

他还对你们说了什么。

男孩向餐厅里望了望。看上去眼泪都快掉下来了。要是再给我一次机会,我肯定不会那么做了。我知道的。

他说什么了。

他说,让我们就当没有见过他。他给了戴维一张一百块的钞票。

一百块?

对。戴维把自己的衬衫给了他。他用来给自己的胳膊做了一根悬带。

贝尔点点头。很好。他长什么样。

中等个头。中等身材。看上去身体不错。可能有三十五六岁。黑头发。深棕色的,我觉得。我说不清楚,警长。他长得像所有人。

像所有人。

男孩看了看自己的鞋。又抬头看着贝尔。他不是长得像所有人。我是说,他长得实在没什么特别之处。不过,他看上去绝对不是那种你愿意招惹的人。他要是说什么,你他妈的只能听着。他胳膊上有根骨头露出来了,可他根本没当回事儿。

很好。

我会因为这件事惹上麻烦吗?

不会。

太谢谢了。

人永远都预料不到自己会惹上什么麻烦,不是吗?

就是,先生,预料不到。我想我从这件事上学到了一些东西。希望这些能帮上您的忙。

当然。你觉得德马科有没有学到什么呢?

男孩摇了摇头。不知道,他说。我不能替戴维回答任何问题。

# 11

我让莫莉查查他有没有什么亲戚,最后我们发现他父亲住在圣萨巴。一个星期五的晚上,我往那儿跑了一趟,我记得出发的时候心里还在想,这可能是我决定要做的又一件蠢事,但不管怎么说我还是去了。我先是在电话里跟他谈过。很难听得出他到底是愿意还是不愿意见到我,不过,既然他说了要我去,我也就去了。到了那儿之后,我先在一家汽车旅馆办了入住,然后在第二天早上开车去了他家。

他太太在好几年前就已经过世了。我们一起坐在房子外面的门廊上,喝着冰茶,我想,要是我不开口说点什么,我们肯定会一直那么枯坐下去。他比我老一点。十来岁吧。我告诉他我是来跟他谈些事的。他儿子的事。告诉他事实的真相。他就坐在那儿,点着头。他坐在一把秋千椅上,茶杯搁在膝盖上,就那么轻轻地晃来晃去。我不知道还能说些什么，只好闭上了嘴，我们在那儿坐了好一会儿。后来，他总算开了口，但他并没有看我，只是看着前面的庭院，他说：他是我见过的最棒的步枪神射手。绝无仅有。我不知道该说什么。我说：是的，先生。

你知道，他在越南是一名狙击手。

我说，我不知道这个。

他绝对不会参与毒品交易。

没错，先生。他没有参与。

他点了点头。他天生就不会干这种事儿，他说。

是的，先生。

你参加过二战吗？

是的，参加过。在欧洲战场。

他点点头。卢埃林回到家之后，去拜访了几个没有回来的兄弟的家人。后来，他放弃了。他不知道该对他们说什么。他说他能够看得出，那些人坐在那里，看着他，希望他是个死人。从他们的脸上不难看出这些。最好是能跟他们所爱的人换换，你明白吗？

是的，先生。我能理解。

我也能。不过，不管他们在越南都干了些什么，他们真的只是想尽快离开那里啊。二战的时候，我们可没有碰到过这种情况。或者说非常罕见。回来后，他扇过一两个嬉皮士的耳光。他们向他吐口水。叫他婴儿杀手。很多从越南回来的小伙子，都遇到了类似的问题。我想，这全都是因为他们背后没有这个国家的支持。不过依我看，情况甚至可能比这更加糟糕。他们曾经拥有的国家早已支离破碎了。现在仍然是这样。这也不是嬉皮士们的错。也不是那些被送到战场上去的小伙子们的错。都只有十八九岁啊。

他转过头来，看了看我。这时我觉得他好像老了很多。他的眼神看上去衰老了。他说：人们会告诉你，是越战把这个国家搞垮的。但是我从来都不相信这种说法。这个国家的状态早就已经很糟糕了。越战只不过是火上浇油罢了。我们什么有用的东西都没给他们。我都不知道跟连武器都不给相比，哪个更糟糕。那样没法上战场。连上帝都没有，你没法参战。我不知道下一次战争的情况会是怎样的。实在是想象不出啊。

那天他跟我聊的主要就是这些。离开时，我感谢他抽时间见我。第二天将是我最后一天上班，我有很多事情需要好好想想。我驶上10号州际公路，沿着回去的方向开。抵达切罗基后，转上501号公路。我想客观地看待一些事情，但是有时候你距

343

离它们实在是太近了。要看明白自己究竟是怎么回事,那可是一生的课题啊,但即使这样你也可能还是错的。而这又正是我不想弄错的事情。我曾经想过,我究竟为什么要当一名执法人员。我身上总是有一些部分想去管理别人。非常坚持要这样做。想让人们把我非说不可的话听进去。但我身上还有一部分却只想保护每个人。如果说我曾经努力追求过什么,这便是我的追求。我想,我们每个人都没有对将要发生的事情做好充分的准备,而且我也不关心事情究竟会演变成什么样子。我的看法是,不管发生什么事情,对咱们来说都不太会是好事。我曾经跟一些老人聊过,要是你告诉他们,在咱们得克萨斯的小镇街道上,会有一些人染着绿色头发,鼻子上串着骨环,嘴里说着一种他们听都听不懂的语言,那么,这些老人是绝对不会相信的。但要是你告诉他们,那些人其实就是他们自己的孙子呢?是啊,这一切全都是征兆和奇迹,可是它们并不能告诉你世界怎么会变成这样。也不会告诉你世界将会变成什么样。我曾经认为自己起码能够纠正一些事情,可现在,我觉得自己再也不会那么想了。我不知道我究竟该作何感想。我觉得自己就像刚才提到的那些老人。再也不会变好了。人们要求我支持一些我不再像过去那样信仰的事情。要求我相信一些我不再像过去那样坚信的事情。这就是问题所在。即便我想那么做，也已经做不到了。现在我已经把这些问题看得很清楚了。已经看到很多人放弃了他们的信仰。这些都迫使我重新思考这些问题，重新审视我自己。但这样究竟是对还是错，我也不清楚。我不知道自己该不该建议你跟我一样放弃过去的信念，毕竟我也曾对它们深信不疑。就算我现在对这个世界的逻辑有了更多的了解，那也是因为付出了代价。相当高的代价。当我告诉她我准备辞职的时候，她还以为我不是认真的呢，但我告诉她我确实是这个意思。我告诉她，我希望这个县的人们能理智一点，别再投票给我。我告诉她，我觉得自己不应该拿他们的血汗钱。她说，你不会真的是这个意思吧，我告诉她，我说的每个字都是真心话。因为干这份工作，我们还欠了六千块钱，我也不知道对此我该怎么办。我们只好在那儿坐了一会儿。我没想到这件事会让她这么失望。最后，我只好说：洛蕾塔，我没办法再干下去了。她笑了笑，说：干得好好的，你打算辞职？我说，不是的，夫人，我只是想辞职。我干得他妈的一点也不好。永远也干不好。

再说一件事我就住嘴。我宁愿不讲这件事，可是他们已经把它登在报纸上了。我去了一趟奥佐纳，跟那里的地方检察官谈了谈，他们说只要我想，我可以跟那个墨西哥佬的律师谈谈，也许还可以在审判的时候去作证,不过他们能做的也只有这些。也就是说,他们其实什么都不想做。所以我还是做了这些,当然也改变不了什么结果,那个家伙被判了死刑。于是,我又到亨茨维尔去看了看他,我要说的就是接下来发生的事。我走进去,坐下来,他当然知道我是谁,因为他在整个审判过程中都能见到我,他说:你给我带什么来了?我说我什么也没给他带,他说,好吧,还以为我肯定会给他带点什么呢。比如说糖果之类的。说他还以为我爱上他了呢。我看了看守卫,守卫往别处看去。我就盯着这个家伙。这个墨西哥佬,可能三十五到四十岁吧。一口流利的英语。我对他说,我可不是来这儿受他侮辱的,我只是想让他知道,我已经为他尽了最大的努力,而且我感到很遗憾,因为我并不认为那些事是他干的,他就往后一仰,笑着说:他们到底是从哪儿找了你这么一个家伙?是从尿布里吗?我朝那个混蛋眉心开了一枪,然后抓着他的头发拖回他的车上,再给那辆车点了把火,把他烧成了烂油。

好吧。这些家伙总是能看穿你。假如我真的扇他嘴巴,那个守卫肯定不会说一句话阻止。而他知道这点。真的知道。

我看见那位地方检察官从里面走出来,我跟他说过几句话,也算认识吧,所以我们停下来,寒暄了几句。我没有跟他讲发生了什么事，不过他知道我想帮助那个家伙，而且他说不定能推测一二。我是不知道了。他没有问我任何关于那家伙的事情。没有问我跑到那儿做什么。有两种人不会问很多问题。一种人是太蠢，另一种人是不需要。至于我认为他是哪种，就留给你去猜吧。他拎着公文皮包站在大厅里。好像有的是工夫似的。他告诉我，他从法学院毕业后，曾经干过一阵子辩护律师。他说，那把他的生活搞得太复杂了。他可不想把余生都浪费在每天都听人撒谎上，好像那是理所当然的似的。我告诉他，有一次一个律师告诉我，在法学院，他们总是试图教你不要操心对错，只管照法律行事，我跟他说，我不太确定是不是这样。他想了想，点了点头，说他非常同意那个律师的说法。他说，如果不按照法律行事，只操心对错是救不了你的。我想我能够理解这话的意思。但是这绝不会改变我思考问题的方式。最后，我问他知不知道玛门是谁。他说：玛门？

对，玛门。

你指的是上帝和玛门的那个玛门吗？

对，先生。

哦，他说，我也说不准。我知道《圣经》里提到了它。它是魔鬼吗？

我也不知道啊。我想去查查看。我总觉得自己应该弄清楚它究竟是谁。

他亲切地笑了笑，说：你说得就好像他可能正准备搬进你家客房似的。

嗯，我说，这倒是个值得关注的问题。无论如何，我觉得有必要让自己去熟悉他的习惯。

他点点头。略微笑了笑。随后，他问了我一个问题。他说：关于那个你认为杀了巡警，还把尸体弄进车里烧掉了的神秘人，你都知道些什么呢？

我什么都不知道啊。我倒是希望自己知道。或者说我希望自己还能知道吧。

哦。

他就像个幽灵似的。

他就像幽灵一样，还是说他根本就是呢？

不，他真的存在。我倒是希望他并不存在。可他确实存在。

他点点头。我想，假如他真是幽灵，你就没必要再担心了。

我说，你说得很对，但是后来我又仔细想过这个问题，我觉得，我应该这样回答，在这个世界上，你会碰见某些你可能根本无法抗衡的事物，或者事物的迹象，我想这个人就是其中之一。当你说它是真实的而非你在脑子里幻想出来的时,其实也不是很确定你指的究竟是什么。

洛蕾塔倒是说过一件事。大概意思是那件事不能怪我,然后我说,那就是我的错。我也认真想过了。我告诉她,要是你在院子里养了一条够凶的狗,人们就会乖乖待在外面了。可是他们没有。

回到家里时，他发现她不在家，但她的汽车在。他从宅子里出来，走到马房，发现她的马也不在。他刚往回走，却又停了下来，他想到她可能会受伤，于是走到放马具的房间，取下他的马鞍，搬到当中的隔间，冲着他的马吹了声口哨，看见那匹马竖起耳朵，脑袋从马房那头的畜栏门上方露了出来。

他一手握着缰绳，一手拍着马。路上一直跟马说着话。到外面来的感觉不错，是不是？你知道她们去哪儿了吗？没关系。不用着急。咱们会找到她们的。

四十分钟后，他找到了她，停下来，坐在马背上，凝望着她。她正骑马沿着一道红色的沙冈向南而行，双手交叉，放在马鞍前桥上，眺望着最后一抹夕阳，那匹马慢慢地走在松散的沙土地上，身后寂静的空气里飘着红色的沙尘。那是我心爱的人，他对自己的马说。一直都是。

他们一起骑到华纳水井那边，然后下了马，坐到杨树下面。马儿吃着草。鸽群向着蓄水池飞过来。到年底啦。这样的景象可看不了多久了。

她微微一笑。到年底了，她说。

你不希望这样。

离开这儿？

离开这儿。

我没事儿。

只是因为我，是不是？

她笑了笑。嗯，她说，过了一定的年纪，我就不再指望事情会有好的转变了。

那我想咱们可真是麻烦了。

会没事的。我想我会很高兴有你在家里一起吃晚饭的。

我愿意任何时候都待在家里。

我记得爸爸退休时，妈妈对他说：我承诺过同甘共苦，可我没说过一起吃午餐。

贝尔笑了。我敢打赌，她现在肯定希望他能早点回家。

我也敢打赌她是这么想的。就这件事，我敢打赌说我也是。

我不该提起这事。

你也没说错什么啊。

不管怎么样,你都会这么说啊。

这是我的职责。

贝尔笑了笑。就算我做得不对,你也不会告诉我吗?

是啊。

如果我一定要你告诉我呢?

那可就难办啦。

他望着那些有斑纹的沙漠小鸽子俯冲进黯淡的玫瑰色暮光。真的吗?他问。

差不多吧。当然也不一定。

那这样做真的好吗?

嗯,她说。无论如何,我都希望你不用我帮忙就能自己解决。要是咱俩正好有什么意见不合的话,我想我会尽量克服的。

我可能做不到这点。

她笑了笑,把手放在他的手上。别想这些事了,她说。在这儿坐会儿多舒服啊。

是啊,夫人。确实很舒服。

# 12

　　我醒来的时候总是会把洛蕾塔也吵醒。我们就那么躺着，她会喃喃地叫我的名字。就像是问我在不在那里。有时候，我会去厨房，给她弄一杯姜汁酒，然后我们就摸黑坐在那儿。我希望我已经让她对很多事情安心了。我看到的那个世界并没有把我塑造成一个信仰坚定的人。不像她。她也在为我操心。我看得出来。我想，我过去肯定有过这样的想法，因为我年纪比她大，所以她应该向我学习，而且在很多方面她确实学了。但我现在才知道，其实很多事情都是她教给我的。

　　我想，我知道我们这个世界会如何发展。我们的处境是我们自己的钱造成的。而不只是毒品。一大笔财富已经积累起来，而人们甚至根本不知道它的存在。我们以为那些钱会导致什么结果？多得足以把整个国家都买下来的钱。千真万确。它能买得下咱们这个国家吗？我不这么觉得。但它可以让你与本不该待在一起的人同床共枕。这甚至不是一个执法的问题。我怀疑这从来都不是执法的问题。毒品一直都有。但人们不会突然就毫无理由地决定要去吸毒。更何况是数百万人。对此，我毫无答案。尤其是我根本不知道该去哪里重拾信心。前不久，我曾经告诉过一个记者——一个看上去挺不错的年轻姑娘。她只是想尽一个记者的职责。她说：警长，你怎么会让犯罪在你管辖的县里变得如此失控呢？我想，这听上去很像是一个合情合理的问题。说不定确实是一个合情合理的问题。总之我答复了她，我说：一切都始于人们放任自己的不礼貌。什么时候你再也听不到先生和夫人这样的称呼，人们也就快要完蛋了。我对她说：这种事情已经扩展到了各个阶层。你听说过这种说法吧，各个阶层？你最终会陷入商业道德崩溃的境地，人们在沙漠里乱跑，最后死在自己车里，到了那时候，一切就都太晚了。

她冲着我露出一副善解人意的打趣表情。所以，尽管也许不该提起，但最后我还是对她讲了，我告诉她，没有吸毒的人就不会有毒品生意。很多吸毒的人穿得都很体面，也保住了一份报酬丰厚的工作。我说：说不定你自己也认识几个。

另外一件事跟老人有关，我一直都会回去看望他们。但他们怎么看我，倒一直是个谜。我已经不记得是从哪一年开始的了。记不清了，可能是从五十年代我刚当上警长那会儿开始的吧。你看着他们，而他们不会露出丝毫迷惑的表情。他们只是看上去有些疯疯癫癫。这让我感到困惑。就好像他们一觉醒来，却不知道自己是怎么到了他们所在的地方。唉，说起来，他们也真的不知道啊。

今天晚上吃饭的时候，她对我说，她曾经读过圣约翰写的书。《启示录》。只要我谈到什么事情，她就会从《圣经》里找出点什么，所以我问她《启示录》里有没有预言事情将会变成什么样子，她说她会告诉我的。我问她，里面有没有写到绿色头发和骨制鼻环，她说里面没有那么多话。我不知道这算不算是一个好的信号。后来，她走到我的椅子背后，用胳膊搂着我的脖子，咬住我的耳朵。她在很多方面都是一个非常年轻的女人。如果没有她，真不知道我还能有什么。真的，我就是这样。对这种事，也没必要遮遮掩掩。

那天很冷，狂风大作，他最后一次走出县法院。有些人可以很自然地拥抱一个哭泣的女人，但他只会觉得不自在。他走下台阶，出了后门，上了他的汽车，坐在里面。他无法描述这种感觉。既有伤感，又有某种另外的东西。正是这种另外的东西让他一直坐在车里，没有发动引擎。以前,他也有过这种感觉，但时间都不长，一说出来他就知道是怎么回事了。那是失败的感觉。那是被击倒的感觉。比死亡更让他痛苦。你必须挺过去，他对自己说。然后，他发动了车子。

# 13

从那座大房子的后门走出去,你会在房子旁边的野草丛里看到一个石头水槽。一根镀锌的水管从屋檐上伸下来,水槽里几乎永远都盛满了水,记得有一次,我在那儿停下脚步,蹲着身子看着它,开始想关于它的事。我不知道它在那儿放了多少年了。一百年。两百年。你可以看那石头上面的凿痕。水槽是用坚硬的岩石砍凿而成的,大约有六英尺长,一英尺半宽,一英尺半深。完全是用石头凿出来的。我开始想那个凿出水槽的人。据我所知,这个国家根本不曾有过长时间的太平日子。我读过一点建国以来的历史,我都不敢肯定曾经有过什么和平年代。可是这个男人却拿着锤子和凿子,坐下来,凿出了一个可以保存上万年的石槽。这究竟是为了什么?他到底是对什么这么有信心?没有什么东西不会变化啊。我猜,你可能会这么想吧。

对此，他肯定更清楚。我想了很多很多。在那座房子被炸成了碎片，而我也离开了那里之后，我仍在想这个问题。我要说的是，那个水槽还在那儿。我可以告诉你，要想挪动它可不容易。所以，我总是在想他拿着锤子和凿子坐在那儿干活的样子，也许只是在晚饭后干上一两个小时，我不知道。我得说，我唯一能够想到的就是他心里一定装着某种承诺。我并没有也去凿一个石槽的打算。但是我真的希望也能许下那样的诺言。我想，这才是我最最希望的事情啊。

还有一件事，就是我一直没怎么提到过我的父亲，我也知道这样对他并不公平。我现在比他死的时候老了将近二十岁，所以在某种意义上，我是在追忆一个比我年轻的人。他开始做马匹生意的时候还是一个孩子。他告诉过我，头一两回，他被骗得很惨，但他也学到了东西。他说，有一次有个商人用胳膊搂住他，低头对他说：小子，就算你连一匹马都没有，我也要跟你做笔生意。关键就在于，有些人会实实在在地告诉你他们想对你做什么，无论他们什么时候对你说，你都想认真听着。这些话让我至今难忘。他懂马，和马相处得也很好。我曾经见过他驯服几匹马，他非常清楚自己在做什么。非常轻松地骑在马背上。跟它们说很多话。他从来没有想过要驯服我，所以我欠他的肯定比我能够想到的要多得多。我猜在世人眼中，我是一个比他更好的人。这种想法听起来就很糟糕。要说出口也很糟糕。非常令人难以忍受。更不用说他的爸爸了。他从来没有想过去当一名执法人员。我知道，他读过两年大学，但没能读完。我想到他的次数远比应该的要少，我也知道这是不应该的。他去世后，我曾经梦见过他两次。第一个梦已经记不太清楚了。大概是我在镇上遇见了他，他给了我一些钱，结果好像是我把钱弄丢了。而第二个梦，好像是我们回到了过去，我骑在马背上，在夜里穿行在群山中。正在穿越群山中的一个隘口。天很冷，地上有雪，他骑着马超过我，继续向前。一句话都没说。他只是骑着马超过了我，身上裹着一条毯子，一直低着头，他从我身边经过时，我看见他手上举着一只点着火的牛角，人们以前常常这么干，借着火光，我能看见牛角的轮廓。就像月亮的颜色。在梦里，我知道他一直在我的前方，他准备在那个漆黑寒冷的世界里生起一堆火，我知道，不管我什么时候到达，他都会在那里。随后，我就醒了。

## 图书在版编目(CIP)数据

老无所依 / (美)科马克·麦卡锡著;曹元勇译.
—郑州:河南文艺出版社,2020.7(2023.5重印)
ISBN 978-7-5559-1005-3

Ⅰ.①老… Ⅱ.①科… ②曹… Ⅲ.①长篇小说—美国—现代
Ⅳ.①I712.45

中国版本图书馆 CIP 数据核字(2020)第 093378 号

NO COUNTRY FOR OLD MEN by Cormac McCarthy
Copyright © 2005 by M-71, Ltd.
All rights reserved

中文版权 © 2020 北京理想国时代文化有限责任公司
经授权,北京理想国时代文化有限责任公司拥有本书的中文(简体)版权
豫著许可备字 -2020-A-0067

老无所依
[美]科马克·麦卡锡 著 曹元勇 译

| 选题策划 | 陈 静 俞 芸 |
| --- | --- |
| 特约策划 | 李恒嘉 |
| 责任编辑 | 俞 芸 |
| 特约编辑 | 冯 婧 |
| 责任校对 | 赵红宙 |
| 装帧设计 | 邵 年 | XYZ Lab |
| 内文制作 | 陈基胜 |

| 出版发行 | 河南文艺出版社 |
| --- | --- |
| 本社地址 | 郑州市郑东新区祥盛街27号 C座 5楼 |
| 邮政编码 | 450018 |
| 承印单位 | 山东新华印务有限公司 |
| 开 本 | 1230毫米×880毫米 1/32 |
| 印 张 | 11.375 |
| 字 数 | 187 000 |
| 版 次 | 2020年7月第1版 |
| 印 次 | 2023年5月第2次印刷 |
| 定 价 | 68.00元 |

★ 版权所有 侵权必究 ★